天下第一好事，还是读书

季羡林 著

作家出版社

目 录

第三编　研究学问的三个境界

第一编　假若我再上一次大学

大学外国语教学法刍议

我们学习外国语，不是在大学里才开始的。从中学起，有的人甚至从小学起已经学起外国语来了。但是小学生和中学生智力发达尚未成熟，所以他们应该有他们独特的学法，我们在这里不谈。

我们要讨论的只是大学里外国语的教学法。

我这里说的外国语是指的平常所谓第二第三外国语，就是在大学里才开始学的。在中国读过大学的人大概都有学习第二外国语甚至第三外国语的经验。有的学一年，有的学二年三年甚至四年。学习的期间虽有短长，但倘若问一个学过的人，他学的成绩怎样，恐怕很少有不摇头的。

我也在大学里学过两种外国语。教务处注册股的先生们或者认为我已经学成了。因为在他们的本子里我的分数都是非常好的，而且还因了其中一种的分数特别好而得到出国的机会。但是我却真惭愧。送我出国的这一种外国语还是我到了它的本国以后才学好的。另外一种也是在那个国度里学到能看书的程度。同我同时学的朋友们情况也同我差不多。当然，这里也正像别处一样，天才是缺不了的。他们念上十页八页的文法，一百个上下的单字，再学会了查字典，以后写起文章来，就知道怎样把英文的 As if 翻成德文的 Als ob，括弧里面全是洋字，希腊、拉丁、德文、法文全有。这样就很可以吓倒一个人。至于他们能不能看书呢，那就只有天知道了。

虽然有这样的天才撑场面，但人们还是要问，为什么中国大学生学外国语的成绩这样不高明？难道他们的资质真不行吗？我想无论谁只要同外国大学生在一块儿念过书都会承认，我们中国学生的天资并不比外国学生差。原因并不在这里。

但原因究竟在哪里呢？这问题我觉得也并不难回答，我们只要一回想我们自己学习外国语的经过和当时教员所用的方法就够了。普通大概都是这样：教员选定一本为初学者写的文法，念过字母以后，就照着书本一课一课地教下去，学生也就一课一课地学。速度快的，一年以内可以把普通文法教完；慢的，第二学年开始还在教初级文法。有的性急的教员等不到把文法学完就又选定一本浅明的读本一课一课地讲下去。学生在下面用不着怎样预备，只把上一次讲过的稍稍看一看，上堂时教员若问到能够抵挡一阵，不管怎样糊涂，也就行了。反正新课有教员逐字逐句讲解，学生只需在半醒半睡中用耳朵捉住几句话或几个字就很够很够了，字典是不用自己查的。于是考试及格，无论必修或选修都得了很好的分数，堂皇地写在教务处注册股的大本子里。教员学生，皆大欢喜。

就这样，学上两年甚至三年外国语，除了极少数的例外以外，普通学生大概都不能看书。最初也许还能说那么十句八句的话，但过上些时候，连这些话也忘净了，于是自己也就同这外国语言绝了交。

这真是一个莫大的损失。大好光阴白白消耗掉，这已经很可惜了。但更重要的却是放掉一个学习现代学者治学最重要的工具的机会。现代无论哪一国哪一门的学者最少也要懂几种外国语，何况在我们这学术落后处处仰给别人的中国？而且这机会还是一放过手就不容易再得到，因为等到大学毕业自己做了事或开始独立研究学问的时候，就很难再有兴致和时间来念作为工具用的外国语了。

这简直有点近于一个悲剧。这悲剧的主要原因，据我看，就在教学法的不健全。自从学字母起，学生就完全依赖教员。教员教一句，学生念一句。一直到后来学到浅近的读本，还是教员逐字逐句地讲。学生从来不需要自动地去查字典，学生仍然不能知道直接去念外国书的困难，仿佛一个小孩子，从生下起就吃大人在嘴里嚼烂的饭，一直吃得长大起来，还不能自己嚼饭吃，以后虽然自己想嚼也觉得困难而无从嚼起了。

我们既然知道了原因所在，就不难想出一个挽救的方法，这方法据我看就在竭力减少学生的依赖性。教员应该让学生尽早利用字典去念原文，他们应该拼命查字典，翻文法，努力设法把原文的意思弄明白。实在自己真弄不明白了，或者有的字在字典上查不到，或者有的句子构造不清楚，然后才用得着教员。在这时候，学生已经自己碰过钉子，知道困难的所在，而且满心在期望着得到一个解答，如大旱之望甘霖，教员一讲解，学生蓦地豁然贯通，虽然想让学生记不住也不可能了。这样练习久了，我不信他们会学不好外国语。这方法并不是什么新发明，在外国，最少是在我去过的那个国度里，是最平常的。我现在举一个学俄文的例子。第一点钟教员上去，用了半点钟的时间讲明白俄文在世界语言里尤其是印欧语系里的地位，接着就念字母。第二点钟仍然念字母。第三点钟讲了讲名词的性别和极基本浅近的文法知识，就分给学生每人一本果戈理的短篇讽刺小说《鼻子》，指定了一部字典。让每个人念十行。我脑筋里立刻糊涂起来，下了堂用了一早晨的力量才查了六行，有的字只查到前面的一半，有的字根本查不到，意思当然更不易明白。心里仿佛有火在燃烧着，我恨不能立刻就得到一个解答。好容易盼到第二堂上课。教员先让学生讲解，但没有一个人能够讲一个整句。结果还是他讲，大家都恍然大悟，不自觉地轻松地笑起来。他接着又讲了半点钟的文法，才下了课。就这样，在一个学期内念完了初级文法和果戈理的《鼻子》。

这教法或者有点霸道，我承认。学生在课外非有充分的时间来预备不可。但是成绩却的确比我们大学里流行的教法好。除非学生低能，在两年内一定可以看普通的书。与其让学生不痛不痒地学上两年结果是等于白学，何如让学生多费点力量而真得其实惠呢？

19 世纪德国大语言学家 Ewald 就用这方法教学生，而且应用得还特别认真。跟他念过书的学生一谈起来没有一个不头痛的。后来他自己也听到了，就对人说："学外国语就像学游泳。只是站在游泳池旁讲理论，一辈子也学不会游泳。我的方法是只要有学生到我这里来，我立刻把他推下水去。只要他淹不死，游泳就学会了。"我希望中国的教员先生们有推学生下水的勇气，青年同学们有让教员推下水去的决心。

1946 年 10 月 31 日

我的处女作

　　哪一篇是我的处女作呢？这有点难说。究竟什么是处女作呢？也不容易说清楚。如果小学生的第一篇作文就是处女作的话，那我说不出。如果发表在报章杂志上的第一篇文章是处女作的话，我可以谈一谈。

　　我在高中里就开始学习着写东西。我的国文老师是胡也频、董秋芳（冬芬）、夏莱蒂诸先生。他们都是当时文坛上比较知名的作家，对我都有极大的影响，甚至影响了我的一生。我当时写过一些东西，包括普罗文艺理论在内，颇受到老师们的鼓励。从此就同笔墨结下了不解缘。在那以后五十多年中，我虽然走上了一条与文艺创作关系不大的道路，但是积习难除，至今还在舞笔弄墨；好像不如此，心里就不得安宁。当时的作品好像没有印出来过，所以不把它们算作处女作。

　　高中毕业后，到北京来上大学，念的是西洋文学系。但是只要心有所感，就如骨鲠在喉，一吐为快，往往写一些可以算是散文一类的东西。第一篇发表在天津《大公报·文艺副刊》上，题目是《枸杞树》，里面记录的是一段真实的心灵活动。我十九岁离家到北京来考大学，这是我第一次走这样长的路，而且中学与大学之间好像有一条鸿沟，跨过这条沟，人生长途上就有了一个新的起点。这情况反映到我的心灵上引起了极大的波动，我有点惊异，有点担心，有点好奇，又有点迷惘。初到北京，什么东西都觉得新奇可爱，但是心灵中又没有余裕去爱这些东西。当时想考上一个好大学，比现在要难得多，往往在几千人中只录取一二百名，竞争是异常激烈的，心里的斗争也同样激烈。因此，心里就像是开了油盐店，酸、甜、苦、辣，什么滋味都有。但是美丽的希望也时时向我招手，好像在眼前不远的地方，就有一片玫瑰花园，姹紫嫣红，芳香四溢。

这种心情牢牢地控制住我，久久难忘，永远难忘。大学考取了，再也不必担心什么了，但是对这心情的忆念却依然存在，最后终于写成了这一篇短文:《枸杞树》。

这一篇所谓处女作有什么值得注意的地方呢? 同我后来写的一些类似的东西有什么关系呢? 仔细研究起来，值得注意的地方还是有的，首先就表现在这篇短文的结构上。所谓"结构"，我的意思是指文章的行文布局，特别是起头与结尾更是文章的关键部位。文章一起头，必须立刻就把读者的注意力牢牢捉住，让他非读下去不可，大有欲罢不能之势。这种例子在中国文学史上是颇为不少的。我曾在什么笔记上读到过一段有关宋朝大文学家欧阳修写《相州昼锦堂记》的记载。大意是说，欧阳修经过深思熟虑把文章写完，派人送走。但是，他忽然又想到，文章的起头不够满意，立刻又派人快马加鞭，追回差人，把文章的起头改为"仕宦而至将相，富贵而归故乡，此人情之所荣，而今昔之所同也"，自己觉得满意，才又送走。

我想再举一个例子。宋朝另一个大文学家苏轼写了一篇有名的文章:《潮州卦文公庙碑》，起头两句是"匹夫而为百世师，一言而为天下法"。《古文观止》编选者给这两句话写了一个夹注:"东坡作此碑，不能得一起头，起行数十遭，忽得此两句，是从古来圣贤远远想入。"

这样的例子还可以举出一些，我现在暂时不举了。从这些例子中可以看出，我国古代杰出的文学家是以多么慎重严肃的态度来对待文章的起头的。

至于结尾，中国文学史上有同样著名的例子。我在这里举一个大家所熟知的，这就是唐代诗人钱起的《省试湘灵鼓瑟》。这一首诗的结尾两句话是:"曲终人不见，江上数峰青。"让人感到韵味无穷。只要稍稍留意就可以发现，古代的诗人几乎没有哪一篇不在结尾上下功夫的，诗文总不能平平淡淡地结束，总要给人留下一点余味，含吮咀嚼，经久不息。

写到这里，话又回到我的处女作上。这一篇短文的起头与结尾都有明显的惨淡经营的痕迹，现在回忆起来，只是那个开头，就费了不少功夫，结果似乎还算满意，因为我一个同班同学看了说:"你那个起头很有意思。"什么叫"很有意思"呢? 我不完全理解，起码他是表示同意吧。

我现在回忆起来，还有一件事情与这篇短文有关，应该在这里提一提。在写这篇短文之前，我曾翻译过一篇英国散文作家 L.P.Smith 的文章，名叫《蔷薇》，发表在 1931 年 4 月 24 日《华北日报·副刊》上。这篇文章的结构有一个特点。在第一段最后有这样一句话："整个小城都在天空里熠耀着，闪动着，像一个巢似的星圈。"这是那个小城留给观者的一个鲜明生动的印象。到了整篇文章的结尾处，这一句话又出现了一次。我觉得这种写法很有意思，在写《枸杞树》的时候有意加以模仿。我常常有一个想法：写抒情散文（不是政论，不是杂文），可以尝试着像谱乐曲那样写，主要旋律可以多次出现，把散文写成像小夜曲，借以烘托气氛，加深印象，使内容与形式彼此促进。这也许只是我个人的幻想，我自己也尝试过几次。结果如何呢？我不清楚。好像并没有得到知音，颇有寂寞之感。事实上中国古代作家在形式方面标新立异者，颇不乏人，欧阳修的《醉翁亭记》是一个有名的例子。现代作家，特别是散文作家，极少有人注重形式，我认为似乎可以改变一下。

"你不是在这里宣传'八股'吗？"我隐约听到有人在斥责。如果写文章讲究一点技巧就算是"八股"的话，这样的"八股"我一定要宣传。我生也晚，没有赶上作"八股"的年代。但是我从一些清代的笔记中了解到"八股"的一些情况。它的内容完全是腐朽昏庸的，必须彻底加以扬弃。至于形式，那些过分雕琢巧伪的东西也必须否定。那一点想把文章写得比较有点逻辑性、有点系统性、不蔓不枝、重点突出的用意，则是可以借鉴的。写文章，在艺术境界形成以后，在物化的过程中注意技巧，不但未可厚非，而且必须加以提倡。在过去，"八股"中偶尔也会有好文章的。上面谈到的唐代钱起的《省试湘灵鼓瑟》就是试帖诗，是

"八股"一类，尽管遭到鲁迅先生的否定，但是你能不承认这是一首传诵古今的好诗吗？自然，自古以来，确有一些名篇，信笔写来，如行云流水，一点也没有追求技巧的痕迹。但是，我认为，这只是表面现象。写这样的文章需要很深的功力，很高的艺术修养。我们平常说的"返璞归真"，就是指的这种境界。这种境界是极难达到的，这与率尔命笔、草率从事，完全不可同日而语。这绝非我一个人的怪论，然而，不足为外人道也。

1985 年 7 月 4 日

我和书

古今中外都有一些爱书如命的人。我愿意加入这一行列。

书能给人以知识，给人以智慧，给人以快乐，给人以希望。但也能给人带来麻烦，带来灾难。在"大革文化命"的年代里，我就以收藏"封资修""大洋古"书籍的罪名挨过批斗。1976 年地震的时候，也有人警告我，我坐拥书城，夜里万一有什么情况，书城将会封锁我的出路。

批斗对我已成过眼云烟，那种万一的情况也没有发生，我"死不改悔"，爱书如故，至今藏书已经发展到填满了几间房子。除自己购买以外，赠送的书籍越来越多。我究竟有多少书，自己也说不清楚。比较起来，大概是相当多的。搞抗震加固的一位工人师傅就曾多次对我说，这样多的书，他过去没有见过。学校领导对此额外加以照顾，我如今已经有了几间真正的书斋，那种卧室、书斋、会客室三位一体的情况，那种"初极狭，才通人"的"桃花源"的情况，已经成为历史陈迹了。

有的年轻人看到我的书，瞪大了吃惊的眼睛问我："这些书你都看过吗？"我坦白承认，我只看过极少极少的一点。"那么，你要这么多书干吗呢？"这确实是难以回答的问题。我没有研究过藏书心理学，三言两语，我说不清楚。我相信，古今中外爱书如命者也不一定都能说清楚，即使说出原因来，恐怕也是五花八门的吧。

真正进行科学研究，我自己的书是远远不够的。也许我搞的这一行有点怪。我还没有发现全国任何图书馆能满足，哪怕是最低限度地满足我的需要。有的题目有时候由于缺书，进行不下去，只好让它搁浅。我抽屉里面就积压着不少这样的搁浅的稿子。我有时候对朋友们开玩笑说："搞我们这一行，要想有一个满意的图书室简直比搞'四化'还要难。全国国民收入翻两番的时候，我们也未必真能翻身。"这绝非耸人听闻之谈，事实正是这样。同我搞的这一行有类似困难的，全国还有不少。这都怪我们过去底子太薄，解放后虽然做了不少工作，但是一时积重难返。我现在只有寄希望于未来，发呼吁于同行。我们大家共同努力，日积月累，将来总有一天会彻底改变目前情况的。古人说："前人种树，后人乘凉。"让我们大家都来当种树人吧。

1985 年 7 月 8 日

我和外国语言

我学外国语言是从英文开始的。当时只有十岁，是高小一年级的学生。现在回忆起来，英文大概还不是正式课程，是在夜校中学习的。时间好像并不长，只记得晚上下课后，走过一片芍药栏，当然是在春天里，其他情节都记不清楚了。

当时最使我苦恼的是所谓"动词"，to be 和 to have 一点也没有"动"的意思呀，为什么竟然叫作动词呢？我问过老师，老师说不清楚，问其他的人，当然更没有人说得清楚了。一直到很晚很晚，我才知道，把英文 verb（拉丁文 verbum）译为"动词"是不够确切的，容易给初学西方语言的小学生造成误会。

我万万没有想到，学了一点英语，小学毕业后报考中学时竟然派上了用场。考试的其他课程和情况，现在完全记不清楚了。英文出的是汉译英，只有三句话："我新得到了一本书，已经读了几页，但是有几个字我不认识。"我大概是译出来了，只是"已经"这个字我还没有学过，当时颇伤脑筋，耿耿于怀者若干时日。我报考小学时，曾经因为认识一个"骡"字，被破格编入高小一年级。比我年纪大的一个亲戚，因为不认识这个字，被编入初小三年级。一个字给我争取了一年。现在又因为译出了这几句话，被编入春季始业的一个班，占了半年的便宜。如果我也不认识那个"骡"字，或者我在小学没有学英文，则我从那以后的学历都将推迟一年半，不知道会产生什么样的后果。人生中偶然出现的小事往往起很大的作用，难道不是非常清楚吗？不相信这一点是不行的。

在中学时，英文列入正式课程。在我两年半的初中阶段，英文课是怎样进行的，我已经忘记了。我只记得课本是《泰西五十轶事》《天方夜谭》《莎氏乐府本事》（ *Tales form Shakespeare* ）、Washington lrving 的《拊掌录》（ *Sketch Book* ），好像还念过 Macaulay 的文章。老师的姓名都记不清楚了。只记得，初中毕业后，因为是春季始业，又在原中学念了半年高中。在这半年中，英文教员是郑又桥先生。他给我留下了深刻难忘的印象。听口音，他是南方人。英文水平很高，发音很好，教学也很努力。只是他有吸鸦片的习惯，早晨起得很晚，往往上课铃声响了以后，还不见先生来临。班长不得不到他的住处去催请。他有一个很特别的习惯，学生的英文作文，他不按原文来修改，而是在开头处画一个前括弧，在结尾处画一个后括弧，说明整篇文章作废，他自己重新写一篇文章。这样，学生得不到多少东西，而他自己则非常辛苦，改一本卷子，恐怕要费很多时间。别人觉得很怪，他却乐此不疲。对这样一位老师是不大容易忘掉的。过了二十年以后，当我经过了高中、大学、教书、留学等等阶段，从欧洲回到济南时，我访问了我的母校，所有以前的老师都已离开了人世，只有郑又桥先生一个人孤零零地住在临大明湖的高楼上。我见到他，我们俩彼此都非常激动，这实在是我万万没有想到的事。他住的地方，南望千佛山影，北望大明湖十里碧波，风景绝佳。可是这一位孤独的老人似乎并不能欣赏这绝妙的景色。从那以后，我再没有见到他，想他早已经不在人世了。

我们那一些十几岁的中学生也并不老实。来一个新教员，我们往往要试他一试，看他的本领如何。这大概也算是一种少年心理吧。我们当然想不出什么高招来"测试"教员。有一年换了一位英文教员，我们都觉得他不怎么样。于是在字典里找了一个短语 by the by。其实这也不是多么稀见的短语，可我们当时从来没有读到过，觉得很深奥，就拿去问老师。老师没有回答出来，脸上颇有愧色。我们一走，他大概是查了字典，下一次见到我们，说："你们大概是从字典上查来的吧？"我们笑而不答。幸亏这一位老师颇为宽宏大量，以后他并没有对我们打击报复。

在这时候，我除了在学校里念英文外，还在每天晚上到尚实英文学社去学习。校长叫冯鹏展，是广东人，说一口带广东腔的蓝青官话。他住的房子非常大，前面一进院子是学社占用。后面的大院子是他全家所居。前院有四五间教室，按年级分班。教我的老师除了冯老师以外，还有钮威如老师、陈鹤巢老师。钮老师满脸胡须，身体肥胖，用英文教我们历史。陈老师则是翩翩佳公子，衣饰华美。看来这几个老师英文水平都不差，教学也都努力。每到秋天，我能听到从后院传来的蟋蟀的鸣声。原来冯老师最喜欢养蟋蟀，山东人名之曰"蛐蛐儿"，嗜之若命，每每不惜重金，购买佳种。我自己当时也养蛐蛐儿，常常随同院里的大孩子到荒山野外蔓草丛中去捉蛐蛐儿，捉到了一只好的，则大喜若狂。我当然没有钱来买好的，只不过随便玩玩而已。冯老师却肯花大钱，据说斗蛐蛐儿有时也下很大的赌注，不是随便玩玩的。

在这里用的英文教科书已经不能全部回忆出来。只有一本我忆念难忘，这就是 Nesfield 的文法，我们称之为《纳氏文法》，当时我觉得非常艰深，因而对它非常崇拜。到了后来，我才知道，这是英国人专门写了供殖民地人民学习英文之用的。不管怎样，这一本书给我提供了很多有用的资料。像这样内容丰富的语法，我以后还没有见过。

尚实英文学社，我上了多久，已经记不起来，大概总有几年之久。学习的成绩我也说不出来，大概还是非常有用的。到了我到北园白鹤庄去上山东大学附设高中的时候，我在班上英文程度已经名列榜首。当时教英文的教员共有三位，一位姓刘，名字忘了，只记得他的绰号，一个非常不雅的绰号。另一位姓尤名桐。第三位姓和名都忘了，这一位很不受学生欢迎。我们闹了一次小小的学潮：考试都交白卷，把他赶走了。我当时是班长，颇伤了一些脑筋。刘、尤两位老师却受到了学生的尊敬，师生关系一直是非常好的。

在北园高中，开始学了点德文。老师姓孙，名字忘记了。他长得宽额方脸，嘴上留着两撇像德皇威廉二世的胡须，除了鼻子不够高以外，简直像是一个德国人。我们用的课本是山东济宁天主教堂编的书，实在很不像样子，他就用这个本子教我们。他是胶东口音，估计他在德国占领青岛时在一个德国什么洋行里干过活，学会了德文。但是他的德文实在不高明，特别是发音更为蹩脚。他把 gut 这个字念成"古吃"。有一次上堂时他满面怒容，说有人笑话他的发音。我心里想，那个人并没有错，然而孙老师却忿忿然，义形于色。他德文虽不高明却颇为风雅，他自己出钱印过一册十七字诗，比如有一首是嘲笑一只眼的人：

发配到云阳，
见舅如见娘，
两人齐下泪，
三行！

诸如此类，是中国民间文学的一种形式，严格地说就是民间蹩脚文人的创作，足证我们孙老师的欣赏水平并不怎样高。总之，我们似乎只念了一学期德文，我的德文只学会了几个单词儿，并没有学好，也不可能学好。

到了 1928 年，日寇占领了济南，我失学一年。从 1929 年夏天起，我入了山东省立济南高中，据说是当时山东全省唯一的一所高中。此时名义上是国民党统治，但是实权却多次变换，有时候，仍然掌握在地方军阀手中。比起山东大学附设高中来，多少有了一些新气象。《书经》《诗经》不再念了，作文都用白话文，从前是写古文的。我在这里念了一年书，国文教员个个都给我的印象很深，因为都是当时文坛上的名人。但英文教员却都记不清楚了。高中最后一年用的什么教本我也记不起来了。可能是《格列佛游记》之类。我还能清晰地回忆起来的是几次英文作文。我记得有一次作文题目是讲我们学校。我在作文中描绘了学校的大门外斜坡，大门内向上走的通道，以及后面图书馆所在的楼房。自己颇为得意，也得到了老师的高度赞扬。我们的英文课一直用汉语进行，我们既不大能说，也不大能听。这是当时山东中学里一个普遍的缺点，同京、沪、津一些名牌中学比较起来，我们显然处于劣势。这大大地影响了考入名牌大学的命中率。

此时已经到了1930年的夏天，我从高中毕业了。我断断续续学习英语已经十年了，还学了一点德文。要问有什么经验没有呢？应该有一点，但并不多。曾有一度，我想把整部英文字典背过。以为这样一来，就再没有不认识的字了。我确实也下过功夫去背，但持续了一段时间之后，我就觉得有好多字实在太冷僻没有用处。于是采用另外一种办法：凡是在字典上查过的字都用红铅笔在字下画一横线，表示这个字查了。但是过了不久，又查到这个字，说明自己忘记了。这个办法有一点用处，它可以给我敲一下警钟：查过的字怎么又查呢？可是有的字一连查过几遍还是记不住，说明警钟也不大理想。现在的中学生要比我们当时聪明得多，他们恐怕不会来背字典了。阿门！加上阿弥陀佛！

不管怎么样，高中毕业了。下一步是到北京投考大学。山东有一所山东大学，但是本省的学生都是这山望着那山高，不大愿意报考本省的大学，一定要"进京赶考"。我们这一届高中有八十多个毕业生，几乎都到了北京。当年报考名牌大学，其困难程度要远远超过今天。拿北大、清华来说，录取的学生恐怕不到报名的十分之一。据说有一个山东老乡报考北大、清华，考过四次，都名落孙山。我们考的那一年是第五次了，名次并不比孙山高。看榜后，神经顿时错乱，走到西山，昏迷漫游了四五天，才清醒过来，回到城里，从此回乡，再也不考大学了。

入学考试，英文是必须考的，以讲英语出名的清华，英文题出的并不难，只有一篇作文，题目忘记了。另外有一篇改错之类的东西。不以讲英语著名的北大出的题目却非常难，作文之外有一篇汉译英，题目是李后主的词：

　　别后春半，触目愁肠断，砌下落梅如雪乱，拂了一身还满。

有的同学连中文原文都不十分了解，更何况译成英文！顺便说一句，北大的国文作文题也非常古怪，那一年的题目是："何谓科学方法，试分析详论之"。这样一个题目也很够一个中学毕业生做的。但是北大古怪之处还不在这里。各门学科考完之后，忽然宣布要加试英文听写（dictation），这对我们实在是当头一棒。我们在中学没有听过英文。我大概由于单词记得多了一点，只要能听懂几个单词，就有办法了。记得老师念的是一段寓言。其中有狐狸，有鸡，只有一个字 suffer，我临阵惊慌，听懂了，但没有写对。其余大概都对了。考完之后，山东同学面带惊慌之色，奔走相告，几乎完全是丈二和尚摸不着头脑。大家都知道，这一加试，录取的希望就十分渺茫了。

我很侥幸，北大、清华都录取了。当时处心积虑是想出国留洋。在这方面，清华比北大条件要好。我决定入清华西洋文学系。这一个系有一套详细的教学计划，课程有古希腊拉丁文学、中世纪文学、文艺复兴文学、英国浪漫诗人、近代长篇小说、文艺评论、莎士比亚、欧洲文学史等。教授有中国人、英国人、美国人、德国人、波兰人、法国人、俄国人，但统统用英文讲授。我在前面已经谈到，我们中学没有听英文的练习。教大一英文的是美国小姐毕莲女士（Miss Bille）。头几堂课，我只听到她咽喉里咕噜咕噜地发出声音，剪不断，理还乱，却一点也听不清单词。我在中学曾以英文自负，到了此时却落到这般地步，不啻当头一棒，悲观失望了好多天，幸而逐渐听出了个别的单词，仿佛能"剪断"了，大概不过用了几个礼拜，终于大体听懂了，算是度过了学英文的生平第一难关。

清华有一个古怪的规定：学英、德、法三种语言之一，从第一年×语，学到第四年×语者，谓之×语专门化（specialized in ×）。实际上法语、德语完全不能同英语等量齐观。法语、德语都是从字母学起，教授都用英语讲授；而所谓"第一年英语"一开始就念 Jane Austin 的 *Pride and Prejudice*，其余所有的课也都用英语讲授。所以这三个专门化是十分不平等的。

我选的是德语专门化，就是说，学了四年德语。从表面上来看，四年得了八个 E（Excellent，最高分，清华分数是五级制），但实际上水平并不高。教第一年和第二年德语的是当时北京大学德文系主任杨丙辰（震文）教授。他在德国学习多年，德文大概是好的，曾翻译了一些德国古典名著，比如席勒的《强盗》等等。他对学生也从来不摆教授架子，平易近人，常请学生吃饭。但是作为一个教员，他却是一个极端不负责任的教员。他教课从字母教起，教第一个字母 a 时，说："a 是丹田里的一口气。"初听之下，也还新鲜。但 b、c、d 等等，都是丹田里的一口气，学生就窃窃私议了："我们不管它是否是丹田里的几口气。我们只想把音发得准确。"从此，"丹田里的一口气"就传为笑谈。

杨老师家庭生活也非常有趣。他是北京大学的系主任，工资相当高，推算起来，可能有现在教授的十几倍。不过在北洋军阀时期，常常拖欠工资，国民党统治前期，稍微好一点，到了后期，什么法币、什么银圆券、什么金圆券一来，钞票几乎等于手纸，教授们的生活就够呛了。杨老师据说兼五个大学的教授，每月收入可达上千元银圆。我在大学念书时，每月饭费只需六元，就可以吃得很好了。可见他的生活是相当优裕的。他在北大沙滩附近有一处大房子，服务人员有一群，太太年轻貌美，天天晚上看戏捧戏子，一看就知道，他们是一个非常离奇的结合。杨老师的人生观也很离奇，他信一些奇怪的东西，更推崇佛家的"四大皆空"。把他的人生哲学应用到教学上就是极端不负责任，游戏人间，逢场作戏而已。他打分数，也是极端不负责任。我们一交卷，他连看都不看，立刻把分数写在卷子上。有一次，一个姓陈的同学，因为脾气黏黏糊糊，交了卷，站着不走。杨老师说："你嫌少吗？"立即把 S（superior，第二级）改为 E。

我就是在这样的情况下学习德语。高中时期孙老师教的那一点德语早已交还了老师，杨老师又是这样来教，可见我的德语基础是很脆弱的。第二年仍然由他来教，前两年可以说是轻松愉快，但不踏实。

第三年是石坦安先生（Von den Steinen，德国人）教，他比较认真，要求比较严格，因此这年学了不少的东西。第四年换了艾克（C. Ecke，号锷风，德国人）。他又是一个马马虎虎的先生。他工资很高，又独身一人，在城里租了一座王府居住。他自己住在银安殿上，仆从则住在前面一个大院子里。他搜集了不少的中国古代名画。他在德国学的是艺术史，因此对艺术很有兴趣，也懂行。他曾在厦门大学教过书，鲁迅的著作中曾提到过他。他用德文写过一部《中国的宝塔》，在国外学术界颇得好评。但是作为一个德语教员，则只能算是一个蹩脚的教员。他对教书心不在焉。他平常用英文讲授，有一次我们曾请求他用德语讲，他立刻哇啦哇啦讲一通德语，其快如悬河泻水，最后用德语问我们："Verstehen Sie etwas davon？"我们摇摇头，想说："Wir verstehen nichts davon。"但说不出来，只好还说英语。他说道："既然你们听不懂，我还是用英语讲吧！"我们虽不同意，然而如哑子吃黄连，有苦说不出。课程就照旧进行下去了。

但是他对我却产生了极大的影响。他喜欢德国古典诗歌，最喜欢 Hölderlin 和 Plateno。我受了他的影响，也喜欢起 Hölderlin 来。我的学士论文：*The Early Poems of Hölderlin*，就是在他的影响下写的，他是指导教授。当时我大概对 Hölderlin 不会了解得太多，太深。论文的内容我记不清楚了，恐怕是非常肤浅的。我当时的经济情况很困难，有一次写了几篇文章，拿了点稿费，特别向德国订购了 Hölderlin 的豪华本的全集，此书我珍藏至今，念了一些，但不甚了了。

除了英文和德文外，我还选了法文。教员是德国小姐 Madmoiselle Holland，中文名叫华兰德。当时她已发白如雪，大概很有一把年纪了。因为是独身，性情有些反常，有点乖戾，要用医学术语来说，她恐怕患了迫害狂。在课堂上专以骂人为乐。如果学生的答卷非常完美，她挑不出毛病来借端骂人，她的火气就更大，简直要勃然大怒。最初选课的人很多，过了没有多久，就被她骂走了一多半。只剩下我们几个不怕骂的仍然留下，其中有华罗庚同志。有一次把我们骂得实在火了，我们商量了一下，对她予以反击，结果大出意料，她屈服了，从此天下太平。她还特意邀请我们到她的住处（现在北大南门外的军机处）去吃了一顿饭。可见师徒间已经化干戈为玉帛，揖让进退，海宇澄清了。

我还旁听过俄文课。教员是一个白俄，名字好像是陈作福，个子极高，一个中国人站在他身后，从前面看什么都看不见。他既不会英文，也不会汉文，只好被迫用现在很时髦的"直接教学法"，然而结果并不理想，我只听到讲 СкаЖИте поЖаjltyйcta（请您说），其余则不甚了了。我旁听的兴趣越来越低，终于不再听了。大概只学了一些生词和若干句话，我第一次学习俄语的过程就此结束了。

我上面谈到，我虽然号称"德语专门化"，然而学习并不好。可是我偏偏得了四年高分。当我1934年毕业后，不得已而回到母校济南高中当了一年国文教员。之后，清华与德国学术交流处订立了交换研究生的合同，我报名应考，结果被录取了。我当年舍北大而趋清华的如意算盘终于真正实现了，我能到德国去留学了。对我来说，这真是天大的喜事。

可是我的德文水平不高，我看书大概是没有问题的，听、说则全无训练。到了德国，吃了德国面包，也无法立刻改变。我到德国学术交流处去报到的时候，一个女秘书含笑对我说："Lange

Reise！"（长途旅行呀！）我愣里愣怔，竟没有听懂。我留在柏林，天天到柏林大学外国语学院专为外国人开的德文班去学习了六周。到了深秋时分，我被分配到 Göttingen（哥廷根）大学去学习。我对于这个在世界上颇为著名的大学什么都不清楚。第一学期，我还没有能决定究竟学习哪一个学科。我随便选了一些课，因为交换研究生选课不用付钱，所以我尽量多选，我每天要听课六七小时。选的课我不一定都有兴趣，我也不能全部听懂。我的目的其实是通过选课听课提高自己的听的能力。我当时听德语的水平非常低，以前从来没有听过，这情况我在上面已经谈过。解放后，我们的外语教育，不管还有多少不能令人满意的地方，其水平和认真的态度是解放前无论如何也比不上的。这一点现在的青年不一定都清楚，因此我在这里说上几句。

我还利用另一种方式来提高自己的听说能力，这就是同我的女房东谈话。德国大学没有学生宿舍，学生住宿的问题学校根本不管，学生都住民房。我的女房东有一些文化水平，但不高。她喜欢说话，唠唠叨叨，每天晚上到我屋里来收拾床铺，她都要说上一大套，把一天的经过都说一遍。别人大概都不爱听，我却是求之不得，正好利用这个机会来练习听力。我的女房东可以说是一位很好的德文教员，可惜我既不付报酬，她自己也不知道讨报酬，她成了我的义务教员。

到了第二学期，我偶然看到 Prof. Waldschmidt 开梵文课的告示。我大喜过望，立刻选了这一门课。我在清华大学时，曾经想学梵文，但没有老师教，只好作罢。现在有了这样一个机会，我怎能放过呢？学生只有三个：一个乡村里的牧师，一个历史系的学生。Waldschmidt 的教学方法是德国通常使用的。德国 19 世纪一位语言学家主张，教学生外语，比如教学生游泳，把学生带到游泳池旁，一下子把他推下去，如果淹不死，他就学会游泳了。具体的办法是：尽快让学生自己阅读原文，语法由学生自己去钻，不在课堂上讲解。这种办法对学生要求很高。短短的两节课往往要准备上一天，其效果我认为是好的：学生的积极性完全调动起来了。他要同原文硬碰硬，不能依赖老师，他要自己解决语法问题。只有实在解不通时，教授才加以辅导。这个问题我在别的地方讲过，这里不再详细叙述了。

德国大学有一个奇特的规定：要想考哲学博士学位，必须选三个系，一个主系，两个副系。对我来说，主系是梵文，这是已经定了的。副系一个是英文，这可以减轻我的负担。至于第三个系，则费了一番周折。有一个时期，我曾经想把阿拉伯语作为我的副系。我学习了大约三个学期的阿拉伯语。从第二学期开始就念《古兰经》。我很喜欢这一部经典，语言简练典雅，不像佛经那样累赘重复，语法也并不难。但是在念过两个学期以后，我忽然又改变了想法，我想拿斯拉夫语言作为我的第二副系。按照德国大学的规定，拿斯拉夫语作副系，必须学习两种斯拉夫语言，只有一种不行。于是我在俄文之外，又选了南斯拉夫语。

教俄文的老师是一个曾在俄国居住过的德国人，俄文等于是他的母语。他的教法同其他德国教员一样，是采用把学生推入游泳池的办法。俄文每周两次，每次两小时，德国的学期短，然而我们却在第一学期内，读完了一册俄文教科书，其中有单词、语法和简单的会话，又念完果戈理的小说《鼻子》。我最初念《鼻子》

的时候，俄文语法还没有学多少，只好硬着头皮翻字典。往往是一个字的前一半字典上能查到，后一半则不知所云，因为后一半是表变位或变格变化的。而这些东西，我完全不清楚，往往一个上午只能查上两行，其痛苦可知。但是不知怎么一来，好像做梦一般，在一个学期内，我毕竟把《鼻子》全念完了。下学期念契诃夫的剧本《万尼亚舅舅》的时候，我觉得轻松多了。

南斯拉夫语由主任教授 Prof. Braun 亲自讲授。他只让我看了一本简单的语法，立即进入阅读原文的阶段。有了学习俄文的经验，我拼命翻字典。南斯拉夫语同俄文很相近，只在发音方面有自己的特点，有升调和降调之别。在欧洲语言中，这是很特殊的。我之所以学南斯拉夫语，完全是为了应付考试。我的兴趣并不大，可以说也没有学好。大概念了两个学期，就算结束了。

谈到梵文，这是我的主系，必须全力以赴。我上面已经说过，Waldsehmidt 教授的教学方法也同样是德国式的。我们选用了 Stenzler 的教科书。我个人认为，这是一本非常优秀的教科书。篇幅并不多，但是应有尽有。梵文语法以艰深复杂著称，有一些语法规则简直烦琐古怪到令人吃惊的地步。这些东西当然不是哪一个人硬制定出来的，而是历史发展自然形成的，利用比较语言学的方法都能解释得通。Stenzler 在薄薄的一本语法书中竟能把这些古怪的语法规则的主要组成部分收容进来，是一件十分不容易做好的工作。这一本书前一部分是语法，后一部分是练习。练习上面都注明了相应的语法章节。做练习时，先要自己读那些语法，教授并不讲解，一上课就翻译那些练习。第二学期开始念《摩诃婆罗多》中的《那罗传》。听说，欧美许多大学都是用这种方式。到了高年级，梵文课就改称 Seminar（讨论班），由教授选一部原著，学生课下准备，上堂就翻译。新疆出土的古代佛典残卷，也是在 Seminar 中读的。这种 Seminar 制看似平淡无奇，实际上是训练学生做研究工作的一个最好的方式。比如，读古代佛典残卷时就学习了怎样来处理那些断简残篇，怎样整理，怎样阐释，连使用的符号都能学到。

至于巴利文，虽然是一门独立的课程，但教授根本不讲，连最基本的语法也不讲。他只选一部巴利文的佛经，比如《法句经》之类，一上堂就念原书，其余的语法问题，梵巴音变规律，词汇问题，都由学生自己去解决。

念到第三年上，我已经拿到了博士论文的题目，此时第二次世界大战已经正式爆发。我的教授被征从军。他的前任 Prof. E. Sieg 老教授又出来承担授课的任务。当时他已经有七八十岁了，但身体还很硬朗，人也非常和蔼可亲，简直像一个老祖父。他对上课似乎非常感兴趣。一上堂，他就告诉我，他平生研究三种东西:《梨俱吠陀》、古代梵文语法和吐火罗文，他都要教给我。他似乎认为我一定同意，连征求意见的口气都没有，就这样定下来了。

我想在这里顺便谈一点感想。在那极"左"思潮横行的年代里，把世间极其复杂的事物都简单化为一个公式:在资产阶级国家里学习过的人或者没有学习过的人，都成了资产阶级。至于那些国家的教授更不用说了。他们教什么东西，宣传什么东西，必定有政治目的，具体地讲，就是侵略和扩张。他们绝不会怀有什么好意的。Sieg 教我这些东西也必然是为他们的政治服务的，为侵略和扩张服务的。帝国主义的侵略扩张政策，谁也否认不掉。但是不是他们的学者都在任何时间任何地方为这个政策服务呢？我以为不是这样。像 Sieg 这样的老人，不顾自己年老体衰，一定要把他的"绝招"教给一个异域的青年，究竟为了什么？我当时学习任务已经够重，我只想消化已学过的东西，并不想再学习多少新东西。然而，看了老人那样诚恳的态度，我屈服了。他教我什么，我就学什么。而且是全心全意地学。他是吐火罗文世界权威，经常接到外国学者求教的信。比如美国的 Lane 等等。我发现，他总是热诚地罄其所知去回答，没有想保留什么。和我同时学吐火罗文的就有一个比利时教授 W. Couvreur。根据我的观察，Sieg 先生认为学术是人类的公器，多撒一颗种子，这一门学科就多得一点好处。侵略扩张同他是不沾边的。他对我这个异邦的青年奖掖扶植不遗余力。我的博士论文和口试的分数比较高，他就到处为我张扬，有时甚至说一些夸大的话。在这一方面，他给了我极大的影响。今天我也成了老人，我总是想方设法，为年轻的学者鸣锣开道。我觉得，只要我能做到这一点，我就算是对得起 Sieg 先生了。

我跟 Sieg 先生学习的那几年，是我一生挨饿最厉害，躲避空袭最多，生活最艰苦的几年。但是现在回忆起来却是最甜蜜的几年。甜蜜在何处呢？就是能跟 Sieg 先生在一起。到了冬天，大雪载途，黄昏早至。下课以后，我每每扶 Sieg 先生踏雪长街，送他回家。此时山林皆白，雪光微明，十里长街，寂寞无人。心中又凄清，又温暖。此情此景，终生难忘。

1946 年我回国以后，当了外语教员。从表面上来看，我自己的外语学习任务已经完成了。但是实际上，并不是这个样子。对于语言，包括外国语言和自己的母语在内，学习任务是永远也完成不了的。真正有识之士都会知道，对于一种语言的掌握，从来也不会达到绝对好的程度，水平都是相对的。据说莎士比亚作品里就有不少的语法错误，我们中国过去的文学家、哲学家、史学家、诗人、词客等等，又有哪一个没有病句呢？现代当代的著名文人又有哪一个写的文章能经得起语法词汇方面的过细的推敲呢？因此，谁要是自吹自擂，说对语言文字的掌握已达到炉火纯青的程度，这个人不是一个疯子，就是一个骗子。我讲的全是实话，并不是危言耸听。从这个意义上来讲，我学习外语的任务并没有完成。在教学之余，我仍然阅读一些外文的书籍，翻译一些外国的文学作品，还经常碰到一些不懂的或者似懂而实不懂的地方，需要翻阅字典或向别人请教。今天还有一些人，自视甚高，毫无自知之明，强不知以为知，什么东西都敢翻译，什么问题都不在话下，结果胡译乱写，贻害无穷，而自己则沾沾自喜，真不知天下还有羞耻事！

"你学了一辈子外语，有什么经验和教训呢？"我仿佛听到有人这样问。经验和教训，都是有的，而且还不少。

我自己常常想到，学习外语，在漫长的学习过程中，到了一定的时期，一定的程度，眼前就有一条界线，一个关口，一条鸿沟，一个龙门。至于是哪一个时期，这就因语言而异，因人而异。语言的难易不同，而且差别很大；个人的勤惰不同，差别也很大。这两个条件决定了这一个龙门的远近，有的三四年，有的五六年，一般人学习外语，走到这个龙门前面，并不难，只要泡上几年，总能走到。可是要跳过这龙门，就绝非易事。跳不跳过有什么差别呢？差别有如天渊。跳不过，你对这种语言就算是没有登堂入室。只要你稍一放松，就会前功尽弃，把以前学的全忘掉。你勉强使用这种语言，这个工具你也掌握不了，必然会出许多笑话，贻笑大方。总之你这一条鲤鱼终归还是一条鲤鱼，说不定还会退化，你绝变不成龙。跳过了龙门呢？则你已经不再是一条鲤鱼，而是一条龙。可是要跳过这个龙门又非常难，并不比鲤鱼跳龙门容易，必须付出极大的劳动，表现出极大的毅力，坚韧不拔，锲而不舍，才有跳过的希望。做任何事情都有类似的情况。书法、绘画、篆刻、围棋、象棋、打排球、踢足球、体操、跳水等等，无不如此。这一点必须认清。跳过了龙门，你对你的这一行就有了把握，有了根底。专就外语来说，到了此时，就不大容易忘记，这一门外语会成为你得心应手的工具。当然，即使达到这个程度，仍然要继续努力，绝不能掉以轻心。

学习外语，同学习一切东西一样，必须注重方法。我们过去尝试过许多教学外语的方法，都取得过一定的成绩。这一点必须承认。但是我们绝不能迷信方法，认为方法万能。我认为，最可靠的不是方法，而是个人的勤学苦练，发挥主观能动性。这个道理异常清楚。各行各业，莫不如此。过去有人讲笑话，说除臭虫最好的办法不是这药那药，而是"勤捉"。其中有朴素的真理。

我学习外国语言，已经有六十多年的历史了。如今我已经到了垂暮之年。回顾这六十多年的历史，心里真是感慨万端。我学了不少的外国语言，但是现在应用起来自己比较有把握的却不太多。我上面讲到跳龙门的问题。好多语言，我大概都没有跳过龙门。连那几种比较有把握的，跳到什么程度，自己心中也没有底。想要对今天学外语的年轻人讲几句经验之谈，想来想去，也只有勤学苦练一句，这真是未免太寒碜了。然而事实就是这个样子，这真叫作没有办法。学什么东西都要勤学苦练。这个真理平凡到同说每个人只要活着就必须吃饭一样。你不说，人家也会知道。然而它毕竟还是真理。你能说每个人必须吃饭不是真理吗？问题是如何贯彻这个真理。我只希望有志于掌握外语的年轻人说到做到。每个人到了一定的阶段，都能跳过龙门去。我们祖国今天的建设事业要求尽量多的外语人才，而且要求水平尽量高的。希望我们大家共同努力，达到这个神圣的目的。

1986 年 9 月 12 日

藏书与读书

有一个平凡的真理，直到耄耋之年，我才顿悟：中国是世界上最喜藏书和读书的国家。

什么叫书？我没有能力，也不愿意去下定义。我们姑且从孔老夫子谈起吧。他老人家读《易》，至于韦编三绝，可见用力之勤。当时还没有纸，文章是用漆写在竹简上面的，竹简用皮条拴起来，就成了书。翻起来很不方便，读起来也有困难。我国古时有一句话，叫作"学富五车"，说一个人肚子里有五车书，可见学问之大。这指的是用纸做成的书，如果是竹简，则五车也装不了多少部书。

后来发明了纸，这一来写书方便多了，但是还没有发明印刷术，藏书和读书都要用手抄，这当然也不容易。如果一个人抄的话，一辈子也抄不了多少书。可是这丝毫也阻挡不住藏书和读书者的热情。我们古籍中不知有多少藏书和读书的故事，也可以叫作佳话。我们浩如烟海的古籍，以及古籍中所寄托的文化之所以能够流传下来，历千年而不衰，我们不能不感谢这些爱藏书和读书的先民。

后来我们又发明了印刷术。有了纸，又能印刷，书籍流传方便多了。从这时起，古籍中关于藏书和读书的佳话，更多了起来。宋版、元版、明版的书籍被视为珍品。历代都有一些藏书家，什么绛云楼、天一阁、铁琴铜剑楼、海源阁等等，说也说不完。有的已经消失，有的至今仍在，为我们新社会的建设服务。我们不能不感激这些藏书的祖先。

至于专门读书的人，历代记载更多。也还有一些关于读书的佳话，什么囊萤映雪之类。有人做过试验，无论萤和雪都不能亮到让人能读书的程度，然而在这一则佳话中所蕴含的鼓励人们读书的热情则是大家都能感觉到的。还有一些鼓励人读书的话和描绘读书乐趣的诗句。"书中自有颜如玉"之类的话，是大家都熟悉的，说这种话的人的"活思想"是非常不高明的，不会得到大多数人的赞赏。至于"四时读书乐"一类的诗，也是大家所熟悉的。可惜我童而可之，至今老朽昏聩，只记住了一句"绿满窗前草不除"，这样的读书情趣也是颇能令人向往的。此外如"红袖添香夜读书"之类的读书情趣，代表另一种趣味。据鲁迅先生说，连大学问家刘半农也向往，可见确有动人之处了。"雪夜闭门读禁书"代表的情趣又自不同，又是"雪夜"，又是"闭门"，又是"禁书"，不是也颇有人向往吗？

这样藏书和读书的风气，其他国家不能说一点没有；但是据浅见所及，实在是远远不能同我国相比。因此我才悟出了"中国是世界上最爱藏书和读书的国家"这一条简明而意义深远的真理。中国古代光辉灿烂的文化有极大一部分是通过书籍传流下来的。到了今天，我们全体炎黄子孙如何对待这个问题，实际上是每个人都回避不掉的。我们必须认真继承这个在世界上比较突出的优秀传统，要读书，读好书。只有这样，我们才能上无愧于先民，下造福于子孙万代。

1991 年 7 月 5 日

假若我再上一次大学

"假若我再上一次大学",多少年来我曾反复思考过这个问题。我曾一度得到两个截然相反的答案:一个是最好不要再上大学,"知识越多越反动",我实在心有余悸;一个是仍然要上,而且偏偏还要学现在学的这一套。后一个想法最终占了上风,一直到现在。

我为什么还要上大学而又偏偏要学现在这一套呢?没有什么堂皇的理由。我只不过觉得,我走过的这一条道路,对己,对人,都还有点好处而已。我搞的这一套东西,对普通人来说,简直像天书,似乎无补于国计民生。然而,世界上所有的科技先进国家,都有梵文、巴利文以及佛教经典的研究,而且取得了辉煌的成绩。这一套冷僻的东西与先进的科学技术之间,真似乎有某种联系。其中消息耐人寻味。

我们不是提出了弘扬祖国优秀文化,发扬爱国主义吗?这一套天书确实能同这两句口号挂上钩。我举一个具体的例子。日本梵文研究的泰斗中村元博士在给我的散文集日译本《中国知识人的精神史》写的序中说到，中国的南亚研究原来是相对落后的。可是近几年来，突然出现了一批中年专家，写出了一些水平较高的作品，让日本学者有"攻其不备"之感。这是几句非常有意思的话。实际上，中国梵学学者同日本同行们的关系是十分友好的。我们一没有"攻"，二没有争，只是坐在冷板凳上辛苦耕耘。有了一点成绩，日本学者看在眼里，想在心里，觉得过去对中国南亚研究的评价过时了。我觉得，这里面既包含着"弘扬"，也包含着"发扬"。怎么能说，我们这一套无补于国计民生呢？

说话远了，还是回来谈我们的本题。

我的大学生活是比较长的：在中国念了四年，在德国哥廷根大学又念了五年，才获得学位。我在上面所说的"这一套"就是在国外学到的。我在国内时，对"这一套"就有兴趣，但苦无机会。到了哥廷根大学，终于找到了机会，我简直如鱼得水，到现在已经坚持学习了将近六十年。如果马克思不急于召唤我，我还要坚持学下去的。

如果想让我谈一谈在上大学期间我收获最大的是什么，那是并不困难的。在德国学习期间有两件事情是我毕生难忘的，这两件事都与我的博士论文有关联。

我想有必要在这里先谈一谈德国的与博士论文有关的制度。当我在德国学习的时候，德国并没有规定学习的年限。只要你有钱，你可以无限期地学习下去。德国有一个词儿是别的国家没有的，这就是"永恒的大学生"。德国大学没有空洞的"毕业"这个概念。只有博士论文写成，口试通过，拿到博士学位，这才算是毕了业。

写博士论文也有一个形式上简单而实则极严格的过程，一切决定于教授。在德国大学里，学术问题是教授说了算。德国大学没有入学考试。只要高中毕业，就可以进入任何大学。德国学生往往是先入几个大学，过了一段时间以后，自己认为某个大学、某个教授，对自己最适合，于是才安定下来，在一个大学，从某一位教授学习。先听教授的课，后参加他的研讨班。最后教授认为你"孺子可教"，才会给你一个博士论文题目。再经过几年的努力，搜集资料，写出论文提纲，经教授过目。论文写成的年限没有规定，至少也要三四年，长则漫无限制。拿到题目，十年八年写不出论文，也不是稀见的事。所有这一切都决定于教授；院长、校长无权过问。写论文，他们强调一个"新"字，没有新见解，就不必写文章。见解不论大小，唯新是图。论文题目不怕小，就怕不新。我个人觉得，这是非常重要的一点。只有这样，学术才能"日日新"，才能有进步。否则满篇陈言，东抄西抄，饾饤拼凑，尽是冷饭，虽洋洋数十甚至数百万言，除了浪费纸张、浪费读者的精力以外，还能有什么效益呢？

我拿到博士论文题目的过程，基本上也是这样。我拿到了一个有关佛教混合梵语的题目，用了三年的时间，搜集资料，写成卡片，又到处搜寻有关图书，翻阅书籍和杂志，大约看了总有一百多种书刊。然后整理资料，使之条理化、系统化，写出提纲，最后写成文章。

我个人心里琢磨：怎样才能向教授露一手儿呢？我觉得，那几千张卡片，虽然抄写时好像蜜蜂采蜜，极为辛苦；然而却是干巴巴的，没有什么文采，或者无法表现文采。于是我想在论文一开始就写上一篇"导言"，这既能炫学，又能表现文采，真是一举两得的绝妙主意。我照此办理。费了很长的时间，写成一篇相当长的"导言"。我自我感觉良好，心里美滋滋的，认为教授一定会大为欣赏，说不定还会夸上几句哩。我先把"导言"送给教授看，回家做着美妙的梦。我等呀，等呀，终于等来教授要见我，我怀着走上领奖台的心情，见到了教授。然而却使我吃惊。教授在我的"导言"前画上了一个前括号，在最后画上了一个后括号，笑着对我说："这篇导言统统不要！你这里面全是华而不实的空话，一点新东西也没有！别人要攻击你，到处都是暴露点，一点防御也没有！"对我来说，这真如晴天霹雳，打得我一时说不上话来。但是，经过自己的反思，我深深地感觉到，教授这一棍打得好，我毕生受用不尽。

第二件事情是，论文完成以后，口试接着通过，学位拿到了手。论文需要从头到尾认真核对，不但要核对从卡片上抄入论文的篇、章、字、句，而且要核对所有引用过的书籍、报纸和杂志。要知道，在三年以内，我从大学图书馆，甚至从柏林的普鲁士图书馆，借过大量的书籍和报刊，耗费了大量的时间。当时就感到十分烦腻。现在再在短期内，把这样多的书籍重新借上一遍，心里要多腻味就多腻味。然而老师的教导不能不遵行，只有硬着头皮，耐住性子，一本一本地借，一本一本地查，把论文中引用的大量出处重新核对一遍，不让它发生任何一点错误。

后来我发现，德国学者写好一本书或者一篇文章，在读校样的时候，都是用这样办法来一一仔细核对。一个研究室里的人，往往都参加看校样的工作。每人一份校样，也可以协议分工。他们是以集体的力量，来保证不出错误。这个法子看起来极笨，然而除此以外，还能有"聪明的"办法吗？德国书中的错误之少，是举世闻名的。有的极为复杂的书竟能一个错误都没有，连标点符号都包括在里面。读过校样的人都知道，能做到这一步，是非常非常不容易的。德国人为什么能做到呢？他们并非都是超人的天才，他们比别人高出一头的诀窍就在于他们的"笨"。我想改几句中国古书上的话：德国人其智可及也，其笨（愚）不可及也。

反观我们中国的学术界，情况则颇有不同。在这里有几种情况。中国学者博闻强记，世所艳称。背诵的本领更令人吃惊。过去有人能背诵四书五经，据说还能倒背。写文章时，用不着去查书，顺手写出，即成文章。但是记忆力会时不时出点问题的。中国近代一些大学者的著作，若加以细致核对，也往往有引书出错的情况。这是出上乘的错。等而下之，作者往往图省事，抄别人的文章时，也不去核对，于是写出的文章经不起核对。这是责任心不强，学术良心不够的表现。还有更坏的就是胡抄一气。只要书籍文章能够印出，哪管他什么读者！名利到手，一切不顾。我国的书评工作又远远跟不上。即使发现了问题，也往往"为贤者讳"，怕得罪人，一声不吭。在我们当前的学术界，这种情况能说是稀少吗？我希望我们的学术界能痛改这样极端恶劣的作风。

我上了九年大学，在德国学习时，我自己认为收获最大的就是以上两点。也许有人会认为这卑之无甚高论。我不去争辩。我现在年届耄耋，如果年轻的学人不弃老朽，问我有什么话要对他们讲，我就讲这两点。

1991 年 5 月 5 日

汉学研究所[1]

章用一家走了，1937 年到了，我的交换期满了，是我应该回国的时候了。然而，国内"七七"事变爆发，不久我的家乡山东济南就被日军占领，我断了退路，就同汉学研究所发生了关系。

这个所的历史，我不清楚，我从来也没有想去研究过。汉学虽然也属于东方学的范畴，但并不在高斯－韦伯楼东方研究所内，而是在另外一个地方，在一座大楼里面。楼前有一个大草坪，盖满绿草，有许多株参天的古橡树。整个建筑显得古穆堂皇，颇有一点气派。一进楼门，有极其宽敞高大的过厅，楼梯也是极宽极高，是用木头建成的。这里不见什么人，但是打扫得也是油光锃亮。研究所在二楼，有七八间大房子，一间所长办公室，一间课堂，其余全是藏书室和阅览室。这里藏书之富颇令我吃惊。在这几间大房子里，书架从地板一直高达天花板，全整整齐齐地排满

---

① 　此篇选自季羡林《留德十年》第十四节。——编者注。

了书，中国书和日本出版的汉籍，占绝大多数，也有几架西文书。里面颇有一些珍贵的古本，我记得有几种明版的小说，即使放在国内图书馆中，也得算作善本书。其中是否有海内孤本，因为我对此道并非行家里手，不敢乱说。这些书是怎样到哥廷根来的，我也没有打听。可能有一些是在中国的传教士带回去的。

所长是古斯塔夫·哈隆（Gustav Haloun）教授，是苏台德人，在感情上与其说他是德国人，毋宁说他是捷克人。他反对法西斯，自是意内事。我到哥廷根后不久，章用就带我来看过哈隆。在过去二年内，我们有一些来往，但不很密切。我交换期满的消息，传到了他的耳朵里，他主动跟我谈这个问题，问我愿意不愿意留下。我已是有家归不得，正愁没有办法。他的建议自然使我喜出望外，于是交换期一满，我立即受命为汉文讲师。原来我到汉学研究所来是做客，现在我也算是这里的主人了。

哈隆教授为人亲切和蔼，比我约长二十多岁。我到研究所后，我仍然是梵文研究所的博士生，我仍然天天到高斯－韦伯楼去学习，我的据点仍然在梵文研究所。但是，既然当了讲师，就有授课的任务，授课地点就在汉学研究所内，我到这里来的机会就多了起来，同哈隆和他夫人见面的机会也就多了起来。我们终于成了无话不谈的知心朋友，也可以说是忘年交吧。哈隆虽然不会说中国话，但汉学的基础是十分雄厚的。他对中国古代文献，比如《老子》《庄子》之类，是有很高的造诣的。甲骨文尤其是他的拿手好戏，讲起来头头是道，颇有一些极其精辟的见解。他对古代西域史的钻研很深，他的名作《月氏考》，蜚声国际士林。他非常关心图书室的建设。闻名欧洲的哥廷根大学图书馆，不收藏汉文典籍。所有的汉文书都集中在汉学研究所内。购买汉文书籍的钱好像也由他来支配。我曾经替他写过不少的信,给中国北平琉璃厂和隆福寺的许多旧书店,订购中国古籍。中国古籍也确实源源不断地越过千山万水,寄到研究所内。我曾特别从国内订购虎皮宣,给这些线装书写好书签,贴在上面。结果是整架的蓝封套上都贴上了黄色小条,黄蓝相映,闪出了异样的光芒,给这个研究所增添了无量光彩。

因为哈隆教授在国际汉学界广有名声,他同许多国家的权威汉学家都有来往。又由于哥廷根大学汉学研究所藏书丰富,所以招徕了不少外国汉学家来这里看书。我个人在汉学研究所藏书室里就见到了一些世界知名的汉学家。留给我印象最深的是英国汉学家阿瑟·韦利(Arthur Waley),他以翻译中国古典诗歌蜚声世界。他翻译的唐诗竟然被收入著名的《牛津英国诗选》。这一部《诗选》有点像中国的《唐诗三百首》之类的选本,被选入的诗都是久有定评的不朽名作。韦利翻译的中国唐诗,居然能置身其间,其价值概可想见了,韦利在英国文学界的地位也一清二楚了。

我在这里还见到了德国汉学家奥托·冯·梅兴 – 黑尔芬(Otto von Mänchen–Helfen)。他正在研究明朝的制漆工艺。有一天,他拿着一部本所的藏书,让我帮他翻译几段。我忘记了书名,只记得纸张印刷都异常古老,白色的宣纸已经变成了淡黄色,说不定就是明版书。我对制漆工艺毫无通解,勉强帮他翻译了一点,自己也不甚了了,但他却连连点头。他因为钻研已久,精于此道,所以一看就明白了。从那一次见面后,再没有见到他过。后来我在一本英国杂志上见到他的名字。此公大概久已移居新大陆，成了美籍德人了。

可能就在"七七"事变后一两年内，哈隆有一天突然告诉我了，他要离开德国到英国剑桥大学，去任汉学教授了。他在德国多年郁郁不得志，大学显然也不重视他，我从没有见到他同什么人来往过。他每天一大早同夫人从家中来到研究所。夫人做点针线活，或看点闲书。他则伏案苦读，就这样一直到深夜才携手回家。在寂寞凄清中，夫妇俩相濡以沫，过的几乎是形单影只的生活。看到这情景，我心里充满了同情。临行前，我同田德望在市政府地下餐厅为他饯行。他以极其低沉的声调告诉我们，他在哥廷根这么多年，真正的朋友只有我们两个中国人！泪光在他眼里闪动。我此时似乎非常能理解他的心情。他被迫去国，丢下他惨淡经营的图书室，心里是什么滋味，难道还不值得我一洒同情之泪吗？后来，他从英国来信，约我到英国剑桥大学去任教。我回信应允。可是等到我于1946年回国后，亲老，家贫，子幼。我不忍心再离开他们了。我回信说明了情况，哈隆回信，表示理解。我再没有能见到他。他在好多年以前已经去世，岁数也不会太大。一直到现在，我每想到我这位真正的朋友，心内就悲痛不已。

在我选定的三个系里，学习都算是顺利。主系梵文和巴利文，第一学期，瓦尔德施密特教授讲梵文语法，第二学期就念梵文原著《那罗传》，接着读迦梨陀娑的《云使》等。从第五学期起，就进入真正的 seminar，读中国新疆吐鲁番出土的梵文佛经残卷，这是瓦尔德施密特教授的拿手好戏，他的老师 H. 吕德斯（H. Lüders）和他自己都是这方面的权威。第六学期开始，他同我商量博士论文的题目，最后定为研究《大事》（*Mahāvastu*）偈陀部分的动词变化。我从此就在上课教课之余，利用一切可利用的时间，啃那厚厚的三大册《大事》。第二次世界大战爆发后不久，我的教授被征从军。已经退休的西克教授，以垂暮之年，出来代替他上课。西克教授真正是诲人不倦，第一次上课他就对我郑重宣布：他要把自己毕生最专长的学问，统统地毫无保留地全部传授给我，一个是《梨俱吠陀》，一个是印度古典语法《大疏》，一个是《十王子传》，最后是吐火罗文，他是读通了吐火罗文的世界大师。就这样，在瓦尔德施密特教授从军期间，我就一方面写论文，一方面跟西克教授上课。学习是顺利的。

一个副系是英国语言学，另一个副系是斯拉夫语言学，我也照常上课，这些课也都是顺利的。

专就博士论文而论，这是学位考试至关重要的一项工作。教授看学生的能力，也主要是通过论文。德国大学对论文要求十分严格，题目一般都不大，但必须有新东西，才能通过。有的中国留学生在德国已经待了六七年，学位始终拿不到，关键就在于论文。章用就是一个例子，一个姓叶的留学生也碰到了相同的命运。我的论文，题目定下来以后，我积极写作，到了 1940 年，已经基本写好。瓦尔德施密特从军期间，西克也对我加以指导。瓦尔德施密特回家休假，我就把论文送给他看。我自己不会打字，帮我打字的是迈耶（Meyer）家的大女儿伊姆加德（Irmgard），一位非常美丽的女孩子。这一年的秋天，我天天晚上到她家去。

因为梵文字母拉丁文转写，符号很多，穿靴戴帽，我必须坐在旁边，才不致出错。9月13日，论文打完。事前已经得到瓦尔德施密特的同意。10月9日，把论文交给文学院长戴希格雷贝尔（Deichgräber）教授。德国规矩，院长安排口试的日期，而院长则由最年轻的正教授来担任。戴希格雷贝尔是希腊文、拉丁文教授，是刚被提升为正教授的。按规矩本应该三个系同时口试。但是瓦尔德施密特正值休假回家，不能久等，英文教授勒德尔（Roeder）却有病住院，在1940年12月23日口试时，只有梵文和斯拉夫语言学，英文以后再补。我这一天的日记是这样写的：

> 早晨五点就醒来。心里只是想到口试，再也睡不着。七点起来，吃过早点，又胡乱看了一阵书，心里极慌。

> 九点半到大学办公处去。走在路上，像待决的囚徒。十点多开始口试。Prof. Waldschmidt（瓦尔德施密特教授）先问，只有Prof. Deichgräber（戴希格雷贝尔教授）坐在旁边。Prof. Braun（布劳恩教授）随后才去。主科进行得异常顺利。但当Prof. Braun开始问的时候，他让我预备的全没问到。我心里大慌。他的问题极简单，简直都是常识。但我还不能思维，颇呈慌张之相。

> 十二点下来，心里极难过。此时，及格不及格倒不成问题了。

> 我考试考了一辈子，没想到在这最后一次考试时，自己竟会这样慌张。

第二天的日记：

心绪极乱。自己的论文不但 Prof. Sieg、Prof. Waldschmidt 认为极好，就连 Prof. Krause 也认为难得，满以为可以做一个很好的考试；但昨天俄文口试实在不佳。我所知道的他全不问，问的全非我所预备的。到现在想起来，心里还极难过。

这可以说是昨天情绪的余波。但是当天晚上：

七点前到 Prof. Waldschmidt 家去，他请我过节（羡林按：指圣诞节）。飘着雪花，但不冷。走在路上，心里只是想到昨天考试的结果，我一定要问他一问。一进门，他就向我恭喜，说我的论文是 sehr gut（优），印度学（Indologie）sehr gut，斯拉夫语言也是 sehr gut。这实在出我意料，心里对 Prof. Braun 发生了无穷的感激。

他的儿子先拉提琴，随后吃饭。吃完把圣诞树上的蜡烛都点上，喝酒，吃点心，胡乱谈一气。十点半回家，心里仍然想到考试的事情。

到了第二年 1941 年 2 月 19 日，勒德尔教授病愈出院，补英文口试，瓦尔德施密特教授也参加了，我又得了一个 sehr gut。连论文加口试，共得了四个 sehr gut。我没有给中国人丢脸，可以告慰我亲爱的祖国，也可以告慰母亲在天之灵了。博士考试一幕就此结束。

至于我的博士论文，当时颇引起了一点轰动。轰动主要来自 Prof. Krause（克劳泽教授）。他是一位蜚声世界的比较语言学家，是一位非凡的人物，自幼双目失明，但有惊人的记忆力，过耳不忘，像照相机那样准确无误。他能掌握几十种古今的语言，北欧几种语言，他都能说。上课前，只需别人给他念一遍讲稿，他就能几乎是一字不差地讲上两个小时。他也跟西克教授学过吐火罗语，他的大著《西吐火罗语语法》，被公认为能够跟西克、西格灵（Siegling）、舒尔策（Schulze）的吐火罗语语法媲美。他对我的博士论文中关于语尾 matha 的一段附录，给予了极高的评价，因为据说在古希腊文中有类似的语尾，这种偶合对研究印欧语系比较语言学有突破性的意义。1941 年 1 月 14 日我的日记中有下列一段话：

> Hartmann（哈特曼）去了。他先祝贺我的考试，又说：Prof. Krause 对我的论文赞不绝口，关于 Endung matha（动词语尾 matha）简直可以说是一个重要的发现。他立刻抄了出来，说不定从这里还可以得到有趣的发明。这些话伯恩克（Boehncke）小姐已经告诉过我。我虽然也觉得自己的论文并不坏，但并不以为有什么不得了。这样一来，自己也有点飘飘然起来了。

关于口试和论文，就写这样多。因为这是我留德十年中比较重要的问题，所以写多了。

我为什么非要取得一个博士学位不行呢？其中原因有的同一般人一样，有的则可能迥乎不同。中国近代许多大学者，比如王国维、梁启超、陈寅恪、郭沫若、鲁迅等等，都没有什么博士头衔，但都曾在学术史上有地位。这一点我是知道的。可这些人都是不平凡的天才，博士头衔对他们毫无用处。但我扪心自问，自己并不是这种人，我从不把自己估计过高，我甘愿当一个平凡的人，而一个平凡的人，如果没有金光闪闪的博士头衔，则在抢夺饭碗的搏斗中必然是个失败者。这可以说是动机之一，但是还有之二。我在国内时对某一些趾高气扬不可一世的留学生看不顺眼，窃以为他们也不过在外国炖了几年牛肉，一旦回国，在非留学生面前就摆起谱来了。但自己如果不也是留学生，则一表示不平，就会有人把自己看成一个吃不到葡萄而说葡萄酸的狐狸。我为了不当狐狸，必须出国，而且必须取得博士学位。这个动机，说起来十分可笑，然而却是真实的。多少年来，博士头衔就像一个幻影，飞翔在我的眼前，或近或远，或隐或显。有时候近在眼前，似乎一伸手就可以抓到。有时候又远在天边，可望而不可即。有时候熠熠闪光，有时候又晦暗不明。这使得我时而兴致淋漓，时而又垂头丧气。一个平凡人的心情，就是如此。

现在多年的夙愿终于实现了，我立即又想到自己的国和家。山川信美非吾土，漂泊天涯胡不归。适逢1942年德国政府承认了南京汉奸汪记政府，国民党政府的公使馆被迫撤离，撤到瑞士去。我经过仔细考虑，决定离开德国，先到瑞士去，从那里再设法回国。我的初中同班同学张天麟那时住在柏林，我想去找他，看看有没有办法可想。决心既下，就到我认识的师友家去辞行。大家当然都觉得很惋惜，我心里也充满了离情别绪。最难过的一关是我的女房东。此时男房东已经故去，儿子结了婚，住在另外一个城市里。我是她身边唯一的一个亲人，她是拿我当儿子来看待的。回忆起来她丈夫逝世的那一个深夜，是我跑到大街上去叩门找医生，回家后又伴她守尸的。如今我一旦离开，五间房子里只剩下她孤身一人，冷冷清清，戚戚惨惨，她如何能忍受得了！她一听到我要走的消息，立刻放声痛哭。我一想到相处七年，风雨同舟，一旦诀别，何日再见？也不禁热泪盈眶了。

到了柏林以后，才知道，到瑞士去并不那么容易。即便到了那里，也难以立即回国。看来只能留在德国了。此时战争已经持续了三年。虽然小的轰炸已经有了一些，但真正大规模的猛烈的轰炸，还没有开始。在柏林，除了食品短缺外，生活看上去还平平静静。大街上仍然是车水马龙，行人熙攘，脸上看不出什么惊慌的神色。我抽空去拜访了大教育心理学家施普兰格尔（E. Spranger）。又到普鲁士科学院去访问西克灵教授，他同西克教授共同读通了吐火罗文。我读他的书已经有些年头了，只是从未晤面。他看上去非常淳朴老实，木讷寡言。在战争声中仍然伏案苦读，是一个典型的德国学者。就这样，我在柏林住了几天，仍然回到了哥廷根，时间是 1942 年 10 月 30 日。

我一回到家，女房东仿佛凭空捡了一只金凤凰，喜出望外。我也仿佛有游子还家的感觉。回国既已无望，我只好随遇而安，丢掉一切不切实际的幻想，同德国共存亡，同女房东共休戚了。

我又恢复了七年来的刻板单调的生活。每天在家里吃过早点，就到高斯－韦伯楼梵文研究所去，在那里一直工作到中午。午饭照例在外面饭馆子里吃。吃完仍然回到研究所。我现在已经不再是学生，办完了退学手续，专任教员了。我不需要再到处跑着去上课，只是有时到汉学研究所去给德国学生上课。主要精力用在自己读书和写作上。我继续钻研佛教混合梵语，沿着我的博士论文所开辟的道路前进。除了肚子饿和间或有的空袭外，生活极有规律，极为平静。研究所对面就是大学图书馆，我需要的大量的有时甚至极为稀奇古怪的参考书，这里几乎都有，真是一个理想的学习和写作的环境。因此，我的写作成果是极为可观的。在博士后的五年内，我写了几篇相当长的论文，刊登在哥廷根科学院院刊上，自谓每一篇都有新的创见；直到今天，已经过了将近半个世纪，还不断有人引用。这是我毕生学术生活的黄金时期，从那以后再没有过了。

1991 年 5 月 11 日

写文章

　　当前中国散文界有一种论调，说什么散文妙就妙在一个"散"字上。散者，松松散散之谓也。意思是提笔就写，不需要构思，不需要推敲，不需要锤炼字句，不需要斟酌结构，愿意怎样写就怎样写，愿意写到哪里就写到哪里。理论如此，实践也是如此。这样的"散"文充斥于一些报刊中，滔滔者天下皆是矣。

　　我爬了一辈子格子，虽无功劳，也有苦劳；成绩不大，教训不少。窃以为写文章并非如此容易。现在文人们都慨叹文章不值钱。如果文章都像这样的话，我看不值钱倒是天公地道。宋朝的吕蒙正让皂君到玉皇驾前去告御状："玉皇若问人间事，为道文章不值钱。"如果指的是这样的文章，这可以说是刁民诬告。

　　从中国过去的笔记和诗话一类的书中可以看到，中国过去的文人，特别是诗人和词人，十分重视修辞。这样的例子不胜枚举。杜甫的"语不惊人死不休"，是人所共知的。王安石的"春风又绿江南岸"中的"绿"字，是诗人经过几度考虑才选出来的。王国维把这种炼字的工作同他的文艺理想"境界"挂上了钩。他说:"词以境界为最上。"什么叫"境界"呢?同炼字有关是可以肯定的。他说:"'红杏枝头春意闹',著一'闹'字而境界全出。""闹"字难道不是炼出来的吗?

这情况又与汉语难分词类的特点有关。别的国家情况不完全是这样。

上面讲的是诗词,散文怎样呢?我认为,虽然程度不同,这情况也是存在的。关于欧阳修推敲文章词句的故事,过去笔记中多有记载。我现在从《霏雪录》中抄一段:

> 前辈文章大家,为文不惜改窜。今之学力浅浅者反以不改为高。欧公每为文,既成必自窜易,至有不留初本一字者。其为文章,则书而粘之屋壁,出入观省。至尺牍单简亦必立稿,其精审如此。每一篇出,士大夫皆传写讽诵。惟睹其浑然天成,莫究斧凿之痕也。

这对我们今天写文章,无疑是一面镜子。

1993 年 12 月 26 日

1994 年我常读的一本书

——《陈寅恪诗集》

陈先生的诗艺术性极高，但不易懂。我特别喜欢他说的：中国文化之定义，具于《白虎通》"三纲六纪"之说。这里讲的实际上是处理九个方面的关系：国家与人民、父子、夫妇、父亲的兄弟、自己的兄弟、族人、母亲的兄弟、师长和朋友。这些关系处理好，国家自然会安定团结。这正是我们目前所最需要的。

1994 年 12 月 29 日

汉语与外语

我在上面多次谈到学习外语的重要性。但是，在世界上，民族林立，几乎都各有各的语言或方言，其数目到现在仍然处在估计阶段，究竟有多少，没有人能说得清楚。至于语言的系属和分类的方法，更是众说纷纭，一直也没有大家都承认的定论。

一个明显的问题摆在我们眼前：我们中国人要学习哪一种或几种外语呢？这个问题在中国实际上已经解决了，学校里，科研单位，社会上，都在学习英语，而这个解决方式是完全正确的。

当年马克思和恩格斯共同领导世界共运时，根据传记的记载，他们二人之间也有所分工，马克思主要搞经济问题和理论研究，恩格斯分工之一是搞军事研究，在他们的圈子里，恩格斯有一个绰号叫"将军"。至于语言，二人都能掌握很多种。希腊文和拉丁文在中学就都学过，马克思能整面整段地背诵古希腊文学作品。据说他们对印度的梵文也涉猎过。他们二人都能用德、英、法文写文章。德文以外，用英文写的文章最多，这是当时的环境使然，不足为怪。恩格斯更是一个语言天才，磕磕巴巴能说十几种外语。他们同家属一起到北欧去旅游，担任翻译的就是恩格斯。

总起来看，他们学习外语的方针是：需要和有用。

六十年前，当我在德国大学里念书的时候，德国文科高中毕业的大学生，在中学里至少要学三种外语：希腊文、拉丁文、英文或法文。拉丁文要学八年，高中毕业时能用拉丁文致辞。德国大学生的外语水平，同我们中国简直不能同日而语，这对他们不管学习什么科都是有用的。欧洲文化的渊源是古希腊和罗马，他们掌握了这两种语言，给他们的人文素质打下了深厚广阔的基础。至于现代语言，比如英文、法文、荷兰和北欧诸国的语言，由于有语言亲属关系，只要有需要，他们用不着费多大的力量，顺手就能够捡起。据我的观察，他们几乎没有不通英文的。

总之，他们学习外语的方针依然是：需要和有用。

我们中国怎样呢？我们学习外语的目的和方针也不能不是需要和有用。

拿这两个标准来衡量，我们今天学习外语首当其冲的就是英语。而近百年来我们的实践过程正是自觉或不自觉地遵守了这个方针。五四运动前，英语已颇为流行。我们通过英语学习了大量的西方知识，连德、法、俄、意等国的著作，也往往是通过英语的媒介翻译成了汉文的。五四运动以后，有些地方从小学起就开始学英文。初中和高中都有英文课，自然不在话下。山东在教育方面不是最发达的省份，但是，高中毕业生都会英文。学习的课本大概是《泰西五十轶事》《天方夜谭》《莎氏乐府本事》等等，英文文法则用《纳氏文法》。从这些书本来看，程度已经不算太浅了。可是，根据我的观察和经验，山东英文水平比不上北京、上海等地的高中毕业生。在这两个地方，还加上天津，有的高中物理学已经采用美国大学一年级的课本了。

总而言之，简短截说一句话，中国一百年以来，学习外语，选择了英文，是完全合情合理的，是顺乎世界潮流的。

大家都知道，英文是英国、美国、加拿大、澳大利亚、新西兰等国的国语。连在印度，英文也算是国语之一。印度独立后第一部宪法规定了英文作为印度使用的语言的使用期，意思是，过了那个时限，英文就不再是宪法规定的使用语言了。但是，由于印度语言和方言十分繁杂，如果不使用英文，则连国会也难以开成。英文的使用期不能不无限期地延长了。在非洲，有一些国家也不得不使用英文。我们中国人，如果能掌握了英文，则游遍世界无困难。在今天的世界上，英文实际上已经成了"世界语"了。

说到"世界语"，大家会想到1887年波兰人柴门霍夫创造的Esperanto。这种"世界语"确实在世界上流行过一阵。中国人学习的也不少，并且还成立了世界语协会，用世界语创作文学作品。但是，到了今天，势头已过，很少有人再提起了。此外还有一些语言学家制造过一些类似Esperanto之类的人造语言，没有产生什么效果。有的专家就认为，语言是自然形成的，人造语言是不会行得通的。

可是，据我所了解到的，有人总相信，世界上林林总总的人民，将来有朝一日，总会共同走向大同之域，人类总会有，也总需要有一种共同的语言。这种共同语言不是人造的，而是自然形成的。但形成也总需要一个基础，这个基础是哪一种语言呢？从眼前的形势来看，英文占优先地位。但是，英文能不能成为真正的"世界语"呢？我听有人说，英文单独难成为"世界语"。英文的结构还有一些不合乎人类思维逻辑的地方。有的人就说，最理想的"世界语"是英文词汇加汉语的语法。这话初听起来有点近似开玩笑。但是，认真考虑起来，这并非完全是开玩笑。好久以来，就有一种汉文称之为"洋泾浜英语"，英文称之为 Pidgin English 的语言，是旧日通商口岸使用的语言。出于需要，非说英语不行，然而那里的中国人文化程度极低，没有时间，也没有能力去认真学习英语，只好英汉杂烩，勉强能交流思想而已。这种洋泾浜英语，好久没有听说了。不意最近读到《读书》第三期，其中有一篇文章《外语为何难学？》一文中讲到：语言具有表达形式与表达功能两套系统。两套系统的"一分为二"还是"合二而一"，直接影响到语言本身的学习。作者举英语为例，儿童学话，但求达意，疏于形式，其错误百出，常令外人惊愕。如 I done it（I did it）（我做了它）；She no sleeping（She is not sleeping）（她没有睡）；Nobody don't like me（Nobody like me）（没有人喜欢我）。这表示功能与形式有了矛盾，等到上学时，才一一纠正。至于文盲则"终身无悔"了。当它作为外语时，这一顺序则正相反，即学者已经具备表达功能，缺少的仅仅是一套表达形式。作者这些论述给了我许多启发。三句例子中，至少有两句合乎洋泾浜英语的规律。据说洋泾浜英语中有 no can do 这样的说法，换成汉语就是"不能做"。为什么英国小孩学说话竟有与洋泾浜英语相类似之处呢？这可能表示汉语没有形式变化，而思维逻辑则接近人类天然的思维方式。英语那一套表达形式中有的属于画蛇添足之类。因此，使用英语词汇，统之以汉语语法，从而形成的一种世界语，这想法不一定全是幻想。这样语言功能与表达形式可以统一起来。这种语言是人造的，但似乎又是天然形成的，与柴门霍夫等的人造的世界语，迥异其趣。

怎样学习外国语

这是我经常碰到的一个问题，也是学外语的人容易问的一个问题。我在 1997 年给上海《新民晚报》"夜光杯"这一栏一连写了三篇《学外语》，其中也回答了怎样学习外语的问题。现在让我再写，也无非是那一些话。我索性把那三篇短文抄在这里，倒不全是为了偷懒。其中一些话难免与上面重复，我也不再去改写了，目的在保存那三篇文章的完整性。话，只要说得正确，多听几遍，料无大妨。

一

现在全国正弥漫着学外语的风气，学习的主要是英语，而这个选择是完全正确的。因为英语实际上已经成了一种世界语。学会了英语，几乎可以走遍天下，碰不到语言不通的困难。水平差的，有时要辅之以一点手势。那也无伤大雅。语言的作用就在于沟通思想。在一般生活中，思想绝不会太复杂的。懂一点外语，即使有点洋泾浜，也无大碍，只要"老内"和"老外"的思想能够沟通，也就行了。

学外语难不难呢？有什么捷径呢？俗话说："天下无难事，只怕有心人。"所谓"有心人"，我理解，就是有志向去学习又肯动脑筋的人。高卧不起，等天上落下馅儿饼来的人是绝对学不好外语的，别的东西也不会学好的。

至于"捷径"问题，我想先引欧洲古代大几何学家欧几里得（也许是另一个人。年老昏聩，没有把握）对国王说的话："几何学里面没有御道！""御道"，就是皇帝走的道路。学外语也没有捷径，人人平等，都要付出劳动。市场卖的这种学习法、那种学习法，多不可信，什么方法也离不开个人的努力和勤奋。这些话都是老生常谈，但是，说一说绝不会有坏处。

根据我个人经验，学外语学到百分之五六十，甚至七八十，也并不十分难。但是，我们不学则已，要学就要学到百分之九十以上，越高越好。不到这个水平你的外语是没有用的，甚至会出娄子的。我这样说，同上面讲的并不矛盾。上面讲的只是沟通简单的思想，这里讲的却是治学、译书、做重要口译工作。现在市面上出售为数不太少的译本，错误百出，译文离奇。这些都是一些急功近利，水平极低而又懒得连字典都不肯查的译者所为。说句不好听的话，这些都是假冒伪劣的产品，应该归入严打之列的。

我常有一个比喻：我们这些学习外语的人，好像是一群鲤鱼，在外语的龙门下洑游。有天资肯努力的鲤鱼，经过艰苦的努力，认真钻研，锲而不舍，一不要花招，二不找捷径，有朝一日风雷动，一跳跳过了龙门，从此变成了一条外语的龙，他就成了外语的主人，外语就为他所用。如果不这样做的话，则在龙门下游来游去，不肯努力，不肯钻研，就是游上一百年，他仍然是一条鲤鱼。如果是一条安分守己的鲤鱼，则还不至于害人。如果不安分守己，则必然堕入假冒伪劣之列，害人又害己。

做人要老实，学外语也要老实。学外语没有什么万能的窍门。俗语说："书山有路勤为径，学海无涯苦作舟。"这就是窍门。

二

前不久，我写过一篇《学外语》，限于篇幅，意犹未尽，现在再补充几点。

学外语与教外语有关，也就是与教学法有关，而据我所知，外语教学法国与国之间是不相同的，仅以中国与德国对比，其悬殊立见。中国是慢吞吞地循序渐进地，学了好久，还不让学生自己动手查字典、读原著。而在德国，则正相反。据说19世纪一位大语言学家说过："学外语有如学游泳，把学生带到游泳池旁，一一推下水去；只要淹不死，游泳就学会了，而淹死的事是绝无仅有的。"我学俄文时，教师只教我念了念字母，教了点名词变化和动词变化，立即让我们读果戈理的《鼻子》，天天拼命查字典，苦不堪言。然而学生的主动性完全调动起来了。一个学期，就念完了《鼻子》和一本教科书。实践是检验真理的唯一标准，德国的实践证明，这样做是有成效的。在那场空前的灾难中，当我被戴上种种莫须有的"帽子"时，有的"革命小将"批判我提倡的这种教学法是法西斯式的方法，使我欲哭无泪，欲笑不能。

我还想根据我的经验和观察在这里提个醒：那些已经跳过了外语龙门的学者们是否就可以一劳永逸地吃自己的老本呢？我认为，这吃老本的思想是非常危险的。一个简单的事实往往为人们所忽略，世界上万事万物无不在随时变化，语言何独不然！一个外语学者，即使已经十分纯熟地掌握了一门外语，倘若不随时追踪这一门外语的变化，有朝一日，他必然会发现自己已经落伍了，连自己的母语也不例外。一个人在外国待久了，一旦回到故乡，即使自己"乡音未改"，然而故乡的语言，特别是词汇却有了变化，有时你会听不懂了。

我讲点个人的经验。当我在欧洲待了将近十一年回国时，途经西贡和香港，从华侨和华人口中听到了"搞"这个字和"伤脑筋"这个词儿，就极使我"伤脑筋"。我出国之前没有听说过。"搞"字是一个极有用的字，有点像英文的 do。现在"搞"字已满天飞了。当我在八十年代重访德国时，走进了饭馆，按照四五十年前的老习惯，呼服务员为 hever ofer，他瞠目以对。原来这种称呼早已被废掉了。

因此，我就想到，不管你今天外语多么好，不管你是一条多么精明的龙，你必须随时注意语言的变化，否则就会出笑话。中国古人说："学如逆水行舟，不进则退。"要时刻记住这句话。我还想建议：今天在大学或中学教外语的老师，最好是每隔五年就出国进修半年，这样才不致为时代抛在后面。

三

前不久，我在"夜光杯"上发表了两篇谈学习外语的千字文，谈了点个人的体会，卑之无甚高论，不意竟得了一些反响。有的读者直接写信给我，有的写信给"夜光杯"的编辑。看来非再写一篇不行了。我不可能在一篇短文中答复所有的问题，我现在先对上海胡英琼同志提出的问题说一点个人的意见，这意见带有点普遍意义，所以仍占"夜光杯"的篇幅。

我在上述两篇千字文中提出的意见，归纳起来，不出以下诸端：第一，要尽快接触原文，不要让语法缠住手脚，语法在接触原文过程中逐步深化。第二，天资与勤奋都需要，而后者占绝大的比重。第三，不要妄想捷径，外语中没有"御道"。

学习了英语再学第二外语德语，应该说是比较容易的。英语和德语同一语言系属，语法前者表面上简单，熟练掌握颇难；后者变化复杂，特别是名词的阴、阳、中三性，记得极为麻烦，连本国人都头痛。背单词时，要连同词性 der、die、das 一起背，不能像英文那样只背单词。发音则英文极难，英文字典必须使用国际音标。德文则一字一音，用不着国际音标。

学习方法仍然是我讲的那一套：尽快接触原文，不惮勤查字典，懒人是学不好任何外语的，连本国语也不会学好。胡英琼同志的具体情况和具体要求，我完全不清楚。信中只谈到德文科技资料，大概胡同志目前是想集中精力攻克这个难关。

我想斗胆提出一个"无师自通"的办法，供胡同志和其他读者参考。你只需要找一位通德语的人，用上两三个小时，把字母读音学好，从此你就可以丢掉老师这个拐棍，自己行走了。你找一本有可靠的汉文译文的德文科技图书，伴之以一本浅易的德文语法。先把语法了解个大概的情况，不必太深入，就立即读德文原文，字典反正不能离手，语法也放在手边。一开始必然如堕入五里雾中。读不懂，再读，也许不止一遍两遍。等到你认为对原文已经有了一个大概的了解，为了验证自己了解的正确程度，只是到了此时，才把那一本可靠的译本拿过来，看看自己了解得究竟如何。就这样一页页读下去，一本原文读完了，再加以努力，你慢慢就能够读没有汉译本的德文原文了。

　　科技名词，英德颇有相似之处，记起来并不难，而且一般说来，科技书的语法都极严格而规范，不像文学作品那样不可捉摸。我为什么再三说"可靠的"译本呢？原因极简单：现在不可靠的译本太多太多了。

　　现在北大流行一种说法：我们的学科要与外国接轨。我认为这个说法提得好，提得鲜明生动，是不易之理，也是我们中国学术界进步的表现。但是，如果想接轨，必须首先知道，轨究竟在什么地方，否则自己的轨往哪里去接呢？乱接一气，驴唇对不上马嘴，接这样的轨有什么用处呢？

　　真想接轨，必须通外语。

　　事实上，有一些轨就在眼前，比如说到外国去参加国际学术讨论会，出席的基本上都是同行的学者，这些就是摆在眼前的轨，要想接立刻就能接上。然而，"眼前有轨接不得，只缘缺乏共同语"。我曾多次参加国外举办的国际学术讨论会。有时候我国派出去规模相当大的代表团，参加者多为著名的学者，个个满腹经纶，学富五车，在国内国际广有名声。如果请他用中国话做学术报告，必然是广征博引，妙语连珠，滔滔如悬河泻水，语惊四座。然而，我们的汉语，虽然在世界上使用的人数居众语的前列，可惜由于种种原因还没有能争取到国际学术通用语的地位，一出国门，寸步难行。没有哪一个在国外召开的学术会议规定汉语为会上发表论文的通用语，我们只好多带翻译。然而有不少会议规定，参加主席团不能带翻译，宣读学术论文不能带翻译。于是不会说洋话的代表团长（在国内往往是个官）只好退避三舍，成为后座议员。而有一些很有价值的优秀论文也得不到向国外同行们显示的机会。

在会议休息时，往往到大客厅里去喝点咖啡或茶，吃点点心，这正是不同国家的学者们交流感情、增进友谊的好时机。每一位学者手端一杯饮料，这里聊上几句，那里侃上一阵，胡谈乱侃中，往往包含着最新的学术消息。如果有共同的语言，这真是如鱼得水，不费吹灰之力，就能"秀才不出厅，便知天下事"。然而可惜的是我们中国的学者，只带了一张嘴，却没有带语言工具，除了点头微笑之外，连"今天天气，哈，哈，哈"都说不出来，尴尬之态可掬，只好找中国人扎堆儿谈话。

参加国外学术会议，必须通外语。

我在上面举的这几个必须学习外语的例子，只是顺手拈来，一点求全的意思也没有。真想求全，是办不到的，也是没有必要的。我觉得，仅仅这三个小例子也足以令人触目惊心了。我谈的对象也绝不仅仅限于大学的圈子，这个圈子以外的所有的科研机构中的人员，都应当包括在里面的。至于在政府部门，不管是经济、教育、法治、国防，等等，都必须同外国同行或非同行打交道。语言不能沟通，必须配备翻译，翻译必须学外语，而且还要学好外语，这属于常识之列，用不着多说了。

我现在想从另外一个角度来谈一谈学习外语的必要性。不管是在大学，还是在科研部门，研究学问第一步要懂目录学，特别是与自己研究的学科有关的目录学，这是必不可少的一步。中国有造诣的学者，比如说乾嘉诸大师以及西方各门学科有成就的学者，无不如此。不通目录学，不看新杂志，你连一个值得研究的题目都不会找到。研究学问，不能闭着眼睛捉麻雀。一个题目，特别是在自然科学内，如果别的国家的学者已经研究过，而且已经得出了结果，你懵懂无知，又费上力量，从事研究，如果真出现这种情况，将会腾笑士林，无颜见人。在人文社会科学中，情况与此稍有区别。比如一个庄子，别人能研究，你当然也能研究。因为人文社会科学有一些题目不是丁是丁，卯是卯，同一个题目结果也能够而且允许不同的。即使是这样，人文社会科学工作者也必须了解国内外与自己研究有关的进展情况，与自己看法相同的可以增加研究信心，与自己看法不同的可以供自己进一步推敲和思考。而且研究学问，不是创作写诗，你必须认真搜集资料，资料越多越好，要有"竭泽而渔"的气魄。古代学者只搜集中国材料就足够了。我们处于今天信息爆炸的时代，搜集资料只限于中国是绝对不行的，必须放眼世界。这是时势使然，不这样做，是不行的，而想做到这一步，必须学习外语。

根据我上面的极简短的说明，人们已经可以知道，在当前中国，学习外语的重要性已昭如日月。我既讲了北大的教师，也讲到了北大以外的科学工作者。很可惜，在这些人中，不懂外语的和所懂不多的，人数并不算太少。更可惜的是，他们自我感觉极为良好，对学习外语的重要性似乎一点也不理会。我希望，这种局面能够尽快改变。

在"该学的人"之外，我还必须提到一类"学者"，我的意思是指"学的人"或者"爱学的人"。他们爱学外语，当然是一件绝大的好事。但是我又说到，他们学习的方式和目的都令人担忧。这是什么意思呢？这一类人中，青年学生较多。他们学习得非常刻苦，除了上正课以外，有的还参加什么"英语强化班"，有的简直到了废寝忘食的程度。他们真懂得了学习外语（首先是英语）的重要性了吗？倘你进一步深入了解，可以说，在一种特殊的意义上，他们是懂得的。英语是一把金钥匙，可以帮他们打开出国的大门，可以帮他们拿到绿卡，可以使他们异化为非中国人。这是学习的目的，目的决定学习方式。指导他们学习的指挥棒就是大名鼎鼎的托福和GRE。这两个指挥棒怎样指挥，他们就怎样跟着转，不肯也不敢越雷池一步。这样学外语会得到一个什么结果，可以想见。抱着这样的目的，使用这样的方式来学习外语，难道还不令人担忧吗？

1997 年

"天下第一好事，还是读书"

古今中外赞美读书的名人和文章，多得不可胜数。张元济先生有一句简单朴素的话："天下第一好事，还是读书。""天下"而又"第一"，可见他对读书重要性的认识。

为什么读书是一件"好事"呢？

也许有人认为，这问题提得幼稚而又突兀。这就等于问"为什么人要吃饭"一样，因为没有人反对吃饭，也没有人说读书不是一件好事。

但是，我却认为，凡事都必须问一个"为什么"，事出都有因，不应当马马虎虎，等闲视之。现在就谈一谈我个人的认识，谈一谈读书为什么是一件好事。

凡是事情古老的，我们常常说"自从盘古开天地"。我现在还要从盘古开天地以前谈起，从人类脱离了兽界进入人界开始谈。人变成了人以后，就开始积累人的智慧，这种智慧如滚雪球，越滚越大，也就是越积越多。禽兽似乎没有发现有这种本领。一只蠢猪一万年以前是这样蠢，到了今天仍然是这样蠢，没有增加什么智慧。人则不然，不但能随时增加智慧，而且根据我的观察，增加的速度越来越快，有如物体从高空下坠一般。到了今天，达到了知识爆炸的水平。最近一段时间以来，"克隆"使全世界的人都大吃一惊。有的人竟忧心忡忡，不知这种技术发展"伊于胡底"。信耶稣教的人担心将来一旦"克隆"出来了人，他们的上帝将向何处躲藏。

人类千百年以来保存智慧的手段不出两端：一是实物，比如长城等等；二是书籍，以后者为主。在发明文字以前，保存智慧靠记忆；文字发明了以后，则使用书籍。把脑海里记忆的东西搬出来，搬到纸上，就形成了书籍，书籍是贮存人类代代相传的智慧的宝库。后一代的人必须读书，才能继承和发扬前人的智慧。人类之所以能够进步，永远不停地向前迈进，靠的就是能读书又能写书的本领。

我常常想，人类向前发展，有如接力赛跑，第一代人跑第一棒，第二代人接过棒来，跑第二棒，直至第三棒、第四棒，永远跑下去，永无穷尽，这样智慧的传承也永无穷尽。这样的传承靠的主要就是书，书是事关人类智慧传承的大事，这样一来，读书不是"天下第一好事"又是什么呢？

但是，话又说了回来，中国历代都有"读书无用论"的说法。读书的知识分子，古代通称之为"秀才"，常常成为取笑的对象，比如说什么"秀才造反，三年不成"，是取笑秀才的无能。这话不无道理。在古代——请注意，我说的是"在古代"，今天已经完全不同了——造反而成功者几乎都是不识字的痞子流氓，中国历史上两个"马上"皇帝，开国"英主"，刘邦和朱元璋，都属此类。诗人只有慨叹"刘项原来不读书"。"秀才"最多也只有成为这一批地痞流氓的"帮忙"或者"帮闲"，帮不上的，就只好慨叹"儒冠多误身"了。

但是，话还要再说回来，中国悠久的优秀的传统文化的传承者，是这一批地痞流氓，还是"秀才"？答案皎如天日。这一批"读书无用论"的现身"说法"者的"高祖""太祖"之类，除了镇压人民剥削人民之外，只给后代留下了什么陵之类，供今天搞旅游的人赚钱而已。他们对我们国家竟无贡献可言。

总而言之，"天下第一好事，还是读书"。

1997 年 4 月 8 日

我最喜爱的书

一、司马迁的《史记》

《史记》这一部书，很多人都认为它既是一部伟大的史籍，又是一部伟大的文学作品。我个人同意这个看法。平常所称的《二十四史》中，尽管水平参差不齐，但是哪一部也不能望《史记》之项背。

《史记》之所以能达到这个水平，司马迁的天才当然是重要原因；但是他的遭遇起的作用似乎更大。他无端受了宫刑，以致郁闷激愤之情溢满胸中，发而为文，句句皆带悲愤。他在《报任少卿书》中已有充分的表露。

二、《世说新语》

这不是一部史书，也不是某一个文学家和诗人的总集，而只是一部由许多颇短的小故事编纂而成的奇书。有些篇只有短短几句话，连小故事也算不上。每一篇几乎都有几句或一句隽语，表面简单淳朴，内容却深奥异常，令人回味无穷。六朝和稍前的一个时期内，社会动乱，出了许多看来脾气相当古怪的人物，外似放诞，内实怀忧。他们的举动与常人不同。此书记录了他们的言行，短短几句话，而栩栩如生，令人难忘。

三、陶渊明的诗

有人称陶渊明为"田园诗人"。笼统言之，这个称号是恰当的。他的诗确实与田园有关。"采菊东篱下，悠然见南山"，这样的名句几乎是家喻户晓的。从思想内容上来看，陶渊明颇近道家，中心是纯任自然。从文体上来看，他的诗简易淳朴，毫无雕饰，与当时流行的镂金错彩的骈文迥异其趣。因此，在当时以及以后的一段时间内，对他的诗的评价并不高，在《诗品》中，仅列为中品。但是，时间越后，评价越高，他最终成为中国伟大诗人之一。

四、李白的诗

李白是中国文学史上最伟大的天才之一，这一点是谁都承认的。杜甫对他的诗给予了最高的评价："白也诗无敌，飘然思不群。

清新庾开府，俊逸鲍参军。"李白的诗风飘逸豪放。根据我个人的感受，读他的诗，只要一开始，你就很难停住，必须读下去。原因我认为是，李白的诗一气流转，这一股"气"不可抗御，让你非把诗读完不行。这在别的诗人作品中，是很难遇到的现象。在唐代，以及以后的一千多年中，对李白的诗几乎只有赞誉，而无批评。

五、杜甫的诗

杜甫也是一个伟大的诗人，千余年来，李杜并称。但是二人的创作风格却迥乎不同：李是飘逸豪放，而杜则是沉郁顿挫。从使用的格律上，也可以看出二人的不同。七律在李白集中比较少见，而在杜甫集中则颇多。摆脱七律的束缚，李白是没有枷锁跳舞；杜甫善于使用七律，则是戴着枷锁跳舞。二人的舞都达到了极高的水平。在文学批评史上，杜甫颇受到一些人的指摘，而对李白则绝无仅有。

六、南唐后主李煜的词

南唐后主李煜的词传留下来的仅有三十多首，可分为前后两期：前期仍在江南当小皇帝，后期则已降宋。后期词不多，但是篇篇都是杰作，纯用白描，不作雕饰，一个典故也不用，话几乎都是平常的白话，老妪能解；然而意境却哀婉凄凉，千百年来打动了千百万人的心。在词史上巍然成一大家，受到了文艺批评家的赞赏。但是，对王国维在《人间词话》中赞美后主有佛祖的胸怀，我却至今尚不能解。

七、苏轼的诗文词

中国古代赞誉文人有"三绝"之说。三绝者，诗、书、画三个方面皆能达到极高水平之谓也，苏轼至少可以说已达到了五绝：诗、书、画、文、词。因此，我们可以说，苏轼是中国文学史和艺术史上最全面的伟大天才。论诗，他为宋代一大家。论文，他是"唐宋八大家"之一。笔墨凝重，大气磅礴。论书，他是宋代苏、黄、米、蔡四大家之首。论词，他摆脱了婉约派的传统，创豪放派，与辛弃疾并称。

八、纳兰性德的词

宋代以后，中国词的创作到了清代又掀起了一个新的高潮。名家辈出，风格不同，又都能各极其妙，实属难能可贵。在这群灿若列星的词家中，我独独喜爱纳兰性德。他是大学士明珠的儿子，生长于荣华富贵中，然而却胸怀愁思，流溢于楮墨之间。这一点我至今还难以得到满意的解释。从艺术性方面来看，他的词可以说是已经达到了完美的境界。

九、吴敬梓的《儒林外史》

胡适之先生给予《儒林外史》极高的评价。诗人冯至也酷爱此书。我自己也是极为喜爱《儒林外史》的。

此书的思想内容是反科举制度，昭然可见，用不着细说，它的特点在艺术性上，吴敬梓惜墨如金，从不作冗长的描述。书中人物众多，各有特性，作者只讲一个小故事，或用短短几句话，活脱脱一个人就仿佛站在我们眼前，栩栩如生。这种特技极为罕见。

十、曹雪芹的《红楼梦》

在古今中外众多的长篇小说中，《红楼梦》是一颗璀璨的明珠，是状元。中国其他长篇小说都没能成为"学"，而"红学"则是显学。《红楼梦》描述的是一个大家庭的衰微的过程。本书特异之处也在它的艺术性上。书中人物众多，男女老幼，主子奴才，五行八作，应有尽有。作者有时只用寥寥数语而人物就活灵活现，让读者永远难忘。读这样一部书，主要是欣赏它的高超的艺术手法。那些把它政治化的无稽之谈，都是不可取的。

2001 年 3 月 21 日

对我影响最大的几本书

如果读书也能算是一个嗜好的话，我的唯一嗜好就是读书。

我读的书可谓多而杂，经、史、子、集都涉猎过一点，但极肤浅，小学中学阶段，最爱读的是"闲书"（没有用的书），比如《彭公案》《施公案》《洪公传》《三侠五义》《小五义》《东周列国志》《说岳》《说唐》等等，读得如醉似痴。《红楼梦》等古典小说是以后才读的。读这样的书是好是坏呢？从我叔父眼中来看，是坏。但是，我却认为是好，至少在写作方面是有帮助的。

至于哪几部书对我影响最大，几十年来我一贯认为是两位大师的著作：在德国是亨利希·吕德斯（Heinrich Lüders），我老师的老师；在中国是陈寅恪先生。两个人都是考据大师，方法缜密到神奇的程度。从中也可以看出我个人兴趣之所在。我禀性板滞，不喜欢玄之又玄的哲学。我喜欢能摸得着看得见的东西，而考据正合吾意。

在中国，影响我最大的书是陈寅恪先生的著作，特别是《寒柳堂集》《金明馆丛稿》。寅恪先生的考据方法同吕德斯先生基本上是一致的，不说空话，无证不信。二人有异曲同工之妙。我常想，寅恪先生从一个不大的切入口切入，如剥春笋，每剥一层，都是信而有征，让你非跟着他走不行，剥到最后，露出核心，也就是得到结论，让你恍然大悟：原来如此，你没有法子不信服。寅恪先生考证不避琐细，但绝不是为考证而考证，小中见大，其中往往含着极大的问题。

1999 年 7 月 30 日

第二编　哲学的用处

名言是人类智慧的结晶和宝贵的文化遗产

在古今中外几乎所有的国家中，在人民的语言和学者的著作里，都包含着许多非常精辟的话，这些话虽然短，但含义深刻，富有启发性和教育意义。据鲁迅先生说，有的地方老百姓把这种话称作"炼话"，意思就是"精炼的话"。在中国学者的著作中，有时称作"嘉言"，有时称作"隽语"，也可以叫作"名言"或"谚语"。欧美许多国家把收集炼话的书称作"智慧"，比如中国炼话，德国人称之为 Die Chinesische Weisheit，英美人称之为 The Chinese Wisdom。我认为，这种名称是非常恰当的。因为这些炼话，这些嘉言或名言，确实是一个民族在过去漫长的历史上智慧的结晶或者总结。

不管哪一个国家，也不管哪一个时代，人民在同自然做斗争中，在社会生活中，在处理自己的学习与工作时，积累了一些经验，也得到了一些教训，把这些经验与教训，归纳起来，加以精炼，结果就形成了一些炼话。有些炼话，在几十年，几百年，甚至几千年的长时间内，记录在一些学者们的著作中，流行于老百姓的口中，便利了对自然的斗争和阶级斗争，提高了人们的工作效率，加强了人民的道德修养。把这炼话称作"人类智慧的结晶和宝贵的文化遗产"，不是再恰当不过的吗？这些受到人们的重视，不也是很自然吗？

许多"名言"或者"隽语"对我们今天的中国人民，还有其他国家的人民，究竟有什么用处呢？这些名言是在历史上不同时期形成的，必然带有时代的残痕，甚至阶级的残痕。有的名言，我们不能原封不动地按其全部内容来加以学习和使用。这是没有必要的，也是不可能的。但是，有很多名言，其精神却是一直到今天还值得我们学习和应用的，值得我们当作座右铭来激励自己，有时候也给自己敲敲警钟。这一点，我想，我们大家都会同意的。

那么外国的名言对我们今天的中国人民也有用吗？回答是肯定的。有很多在不同的时代、不同的民族中产生的名言，虽然表达的方式不同，但内容却完全或基本上相同。这就说明，我们常讲的两句话是有道理的：人同此心，心同此理。一些有积极意义的想法或者说法，在不同的时代、不同的民族中，互不相谋地得出来。因此，不但自己民族古代的谚语，对我们今天的学习和工作很有裨益；外国的谚语亦然。我在这里只举几个简单的例子。

中国古人说：

流水不腐，户枢不蠹。

德国人说：

Gebrauchter Pnug blinkt. （使用过的犁闪闪发光。）

Stehendes Wasser stinkt. （静止不流的水又臭又脏。）

中国古人说：

一寸光阴一寸金，寸金难买寸光阴。

英国人说：

Time flies away without delay. （时间飞驶，绝不停留。）

Time is money. （时间就是金钱。）

Take time while time is, for time will fly away. （时间还在时，要利用它，因为时间要逝去。）

德国人说：

Zeit ist Geld. （时间就是金钱。）

Benutze den Tag. （利用时光。）

Die Zeit läuft hinweg wie Wasser. （时光流逝如水。）

法国人说：

Le temps vaut argent.（时间就是金钱。）

Metsá profit le jour présent.（利用当前的一天。）

这种例子真可以说是俯拾即是，用不着在这里再举了。高尔基说过："谚语和歌曲总是简短的，然而在它里面却包含着可以写出整部书来的智慧和感情。"他这句话不但适用于俄国，也适用于中国，适用于世界上所有的国家。高尔基讲的是一个普遍的规律。我上面举的那几个简单的例子，尽管产生于异时异地，但是谁能否认它们今天对于我们还是非常有用的呢？

1982 年 7 月 5 日

六字真言

　　我正在赶写一部有关中印文化交流的书。我翻阅了大量典籍，其中包括郑振铎先生生前寻访、搜集、影印、出版的《玄览堂丛书》。这里面收的书绝大部分是明代的手抄本和刊本，有极大的学术价值。其中有关中国边疆和中外交通的书籍，占相当大的比重，而正是这些书对我们研究中外交通史的人极关重要，因为里面的资料往往为正史或其他官方史籍中所无法找到的。如果没有西谛先生的努力搜求，我们今天恐怕就难以看到。懂得这一门学问的甘苦的人，没有不感激他的。可惜他走得太早了，太仓促了，太出人意外了。哲人其萎，至今思之，犹不禁泫然泪下。

　　在《玄览堂丛书》中，我目前翻阅得最多的是《续集》中的《四夷广记》，明慎懋赏撰，是旧抄本，出自明人之手。这一部书大概不全，头绪很乱，翻检起来，颇不容易。但是内容却极为有用，是不可多得的历史资料。书中（第98册）有一部分讲"榜葛剌"，即今天的孟加拉。在"榜葛剌国统"这一节里，首先说：

"榜葛剌，即东天竺也。……释迦得道之所也。"接着讲"汉明帝时，天兰浮图法入中国。"一直讲到戒日王（尸罗逸多）同唐太宗的关系，还有王玄策执阿罗那顺献阙下。下面讲明朝：

> 本朝永乐三年，国王霭牙思丁遣使来朝。诏赐王纻、丝、纱、罗各四匹，绢八匹。王妃纻、丝、纱、罗各三匹，绢六匹。命使往天竺迎异僧。既至京，居灵谷寺，教人念唵嘛呢叭咪吽。翰林侍读李继鼎曰："若彼既有神通，当通中国语，何为待译者而后知乎？且其所谓唵嘛呢叭咪吽云者，乃云：'俺把你哄也。'人不知悟耳。"

这一段话的前一部分见于很多史籍中，我在上面也已谈到过，没有什么新奇之处。但是，关于六字真言这一段话和这一位翰林公的理解，却真有点石破天惊，匪夷所思，读了真是忍俊不禁，我真不知道要说什么好了。

按唵嘛呢叭咪吽，即所谓"六字真言"。原文是梵文：ommanipadmehum，含义是："唵！摩尼宝在莲华中，吽！"这是音译。关于六字真言，佛典中有不同的说法。有所谓观音菩萨的六字陀罗尼，有文殊菩萨的"唵缚鸡淡纳莫"，有阿难的。上面写的这个六字真言，一般说是出自莲华手菩萨，是喇嘛教的。在西藏等喇嘛教流行的地区，非常习闻。中国长篇小说《济公传》里面的济公念之不离口。据说是有极大的神力。这些情况，我们不能要求明代初年的一位翰林能了解。但是他根据六字的发音而做出来的推断，不能不说是很值得大书特书了。

我认为，在这里有几点值得我们注意。首先，六字真言相当古老。其次，上面引文中的"命"字上没有主语。根据口气，应该说主语是永乐皇帝。他派人到印度去，而不是到西藏去迎异僧。这位异僧会说六字真言，那么印度就是六字真言的发源地。对于这个问题，我没有研究过。我猜想，孟加拉是印度密宗最早流行的地方。六字真言看来与密宗有联系。孟加拉在地域上同西藏接近。这是否就是传播的基础呢？我说不出来。敬请博雅之士教正。

我在这里想顺便讲一件事。在《玄览堂丛书·续集》第108册上，有一本书叫《云台广记》。在这一本书讲须文达剌国、特播里国、曼陀郎国、苏吉丹国、麻呵斯离国这一页的书眉上，另一个人用毛笔写了一句话："以下诸国皆永乐宣德间中官使西洋有随去周老人者所说。"这个"周老人"大概是像费信、马欢、巩珍等一样随船下西洋的人。可能他不会书写，所以只能口述，由别人记下来。从这一句话中可以看出，《云台广记》中的材料，是得自口述，不是转抄。这些材料的价值，由此可见。

1991 年 10 月 28 日

东方文化与东方文学

　　最近几年来，我经常考虑东方文化的问题。虽然我并不是什么文化学家，自己不擅长义理，对义理兴趣也不大，我是敬鬼神而远之；但是，由于自己是一个天生的"杂家"，翻看不少的有关文化的书籍，使我不得不考虑东方文化的问题。细说起来，我考虑的有东方文化的特点、东方文化与西方文化的关系，等等。我的初步认识已经写成了几篇论文，在一些国内和国际学术会议上也讲过。出我意料的是，国内外反应相当强烈，而且几乎都是同意我的看法的。这更增强了我的自信心，决心继续探讨下去。

　　详细阐述，此非其地。我只能极其简略地讲上几点。归纳起来，我的想法大体上是，在人类五六千年的文化史上，人类创造的文明或文化的数目相当多。根据我的看法，人类总共创造了四个文化体系，这四个文化体系又可以分为两大文化体系：一个是东方文化，一个是西方文化。两者的根本区别在于思维模式的不同，而思维模式又是一切文明或文化的基础。简而言之，我认为，东方的思维模式是综合的，它照顾了事物的整体，有整体概念，讲普遍联系，接近唯物辩证法。用一句通俗的话来说就是，既见树木，又见森林，而不是只注意个别枝节。中国"天人合一"的思想，印度的"梵我一体"的思想，是典型的东方思想。而西方的思维模式则是分析的。它抓住一个东西，特别是物质的东西，分析下去，分析到极其细微的程度，可是往往忽视了整体联系。这在医学上表现得最为清楚。西医是头痛治头，脚痛治脚，完全把人体分割开来。用一句现成的话来说就是，只见树木，不见森林。而中医则往往是头痛治脚，脚痛治头，把人体当作一个整体来看待。两者的对立，十分明确。

我的另一个想法是，文明或文化不是一成不变的，都有一个诞生、成长、兴盛、衰微、消逝的过程。历史上，哪一个文明或文化都不能万岁。

我还有一个想法是，从人类全部历史上来看，东西两大体系之外，没有第三个大体系，而东西两大体系的关系是，"三十年河东，三十年河西"。东方文化或文明到了衰微和消逝的阶段，接之而起的必是西方文化或文明。等到西方文化或文明濒临衰微和消逝的阶段时，接之而起的必是东方文化或文明。

我最后的一个想法是，到了今日，世界面临着另一个世纪末，20世纪的世纪末。西方文化或文明已经繁荣昌盛了几百年了，到了今天，在很多方面已经呈现出强弩之末之势，看来是面临衰微了。代之而起的必然只能是东方文化或文明。我之所谓"代"，并不是完全地取代，更不是把西方文化消灭。那是不可能的，也是完全没有必要的。我的意思是，在西方文化已经取得的成就的基础上，矫正其弊病，继承它的一切有用的东西。用综合思维逐渐代替分析思维，向宇宙间一切事物进行更深入的探讨，把人类文化提高到一个崭新的阶段，从相对真理向绝对真理再靠近一步。这一个转折点我认为就将从 21 世纪开始。

极其简略地说，我的想法就是如此。

同时，我还发现，西方一些有识之士也认识到自己的文化的偏颇之处。他们之中有的人提倡模糊学，有的人提倡混沌学。内容我无法在这里详细阐述。他们的想法不可能同我的完全一样；但是其间相似之处则是可以肯定的。这些新兴的西方边缘科学，强调普遍联系，强调整体概念，与东方的综合的思维模式是非常接近的。为什么习惯于分析思维方法的西方有识之士会忽然转变看法呢？我的解释是，存在决定意识。到了 21 世纪来临之际，到了 20 世纪的世纪末，按照辩证唯物主义规律发展的事物，其发展规律更接近事物的真相。这种规律反映到西方有识之士的心中，就产生了这样一些新兴学科。

上面讲的是东方文化，现在谈东方文学。

文学本来属于文化范畴，东方文学当然属于东方文化的范畴。为了突出文学，所以分开来谈。

我想先举几个具体的例子。

温庭筠的名句：

鸡声茅店月，
人迹板桥霜。

描绘深秋旅人早起登程的寂寞荒寒之感，到了今天，已经有一千多年了，然而并没有失去其感人之处。这两句诗十个字列举了六件东西，全是名词，没有一个动词。用西方的语法来衡量，连个句子都成不了。这六件各不相干的东西平铺直叙地排列在那里。它们之间的关系一点也不清楚，换句话说就是模模糊糊。然而妙就妙在模糊，美就美在模糊。诗人并没有把这六件东西排好位置，他把安排位置的自由交给了读者。每一个读者都可以根据自己的经验或自己的理解，去任意安排位置。每个人的经验不同，所安排的位置也绝不会相同。读者有绝对的完全的自由来放开自己的幻想，美就在其中矣。反之，如果一定把六件东西的位置安排得死死的，这会限制读者的自由，美感享受从而为之减少。我认为，这就是东方综合的思维方式或者模糊的思维方式在文学创作中的表现。其优越性是显而易见的。

这样的例子在中国文学作品中可以说是俯拾即是。元代马致远的那一首著名的曲是大家都熟悉的：

　　枯藤老树昏鸦，小桥流水人家，古道西风瘦马，夕阳西下，断肠人在天涯。

曲中列举了很多东西，其位置都是模糊的。勉强搜求，只有"下"和"在"二字可以算是动词。这一首曲对读者审美活动所起的作用，同上举温庭筠的诗完全一样，用不着再详细阐述。

中国诗歌中其他例子不再举了。

我想举一首中国诗，同它的英译文对比，从中窥探出中西语言之不同对文学创作的影响，以及中国文学语言的不可穷尽性和朦胧性（借用陶东风同志的用语）。陶东风同志有一部非常精彩的书：《中国古代心理美学六论》（百花文艺出版社，1990年）。里面就有现成的例子。我且做一个文抄公，从中抄一个例子，这个例子是李白的那一首非常著名的诗《静夜思》：

> 床前明月光，
> 疑是地上霜。
> 举头望明月，
> 低头思故乡。

陶东风的解释是：

> 这是一首意境深幽的好诗，诗中的人称和时态都不加限定，思念的主体被隐去，可以是诗人，可以是别的他，也可以是你自己；动词"举头""望""低头""思"等词都没有时态的限制，它的时间性是灵活的，读者可以自己去想，去补充。如果你把诗的主人公理解为诗人，那么，时间当在过去；而如果你设想自己正置身于诗的境界，是你自己在"望"在"思"，那么，时间也可以是当下。但此诗的英译却把这不确定不落实的一切都确定了，落实了：
>
> So bright agleam on the foot of my bed—Could there have been afrost already. Lifting myself to look, I found that

it was moon light. Sinking back again, I thought suddenly of home.

译诗加上"I"（我），使原诗不确定的人物关系变得确定，即只能理解为李白自己；"found"和"thought"是否译得准确且不去管他，单是把不确定的时态限定为过去时，就使诗的意境大为逊色；"望"本可以是一个连续的动作，而用"found"（发现）就使之变成一个终止于过去的动作；"思"也是如此。一个连续性的思念变成了"突然想到"（thought suddenly of），不能不使人感到沮丧。

陶东风的解释，基本上符合我的想法。他未必知道我那一套关于东西方文化的看法，他也没有提到综合思维模式和西方思维模式的问题，但是对于中国诗歌的看法却是如此地接近，难道这就是所谓殊途同归，英雄所见略同吗？我在本文开头讲到，思维模式是一切文明或文化的基础。东方综合的思维模式，当然就是东方文明或文化的基础，表现在诗歌创作上，就是不确定性和朦胧性。西方文学使用的西方语言是分析思维模式的产物，它同东方文学，比如说中国文学所使用的汉语是完全不同的。两者比较起来，正如我在上面分析的那样，中国的汉语有明显的优越之处。

我在这里还要添上几句。现在西方新兴的模糊学、混沌学等等，其思想基础不像是西方的分析思维模式，而接近东方的综合思维模式。何以产生这个现象，我在上面已略加解释，这里不再谈了。

我在上面曾提到我的一个想法:东方文化将逐渐取代西方文化而兴。属于东方文化范畴的东方文学怎样呢?过去我对这个问题没有考虑过。现在的考虑也不成熟。无论如何,东方语言,比如说汉语,是无法被西方所接受的。从几千年的文化交流史上来看,物质文明容易输出,也容易被接受,中国的几大发明可以为证。而精神文明则较为困难。在精神文明的接受中,因事物之异而异。比如绘画、音乐、建筑风格等容易被接受。而文学,特别是文学语言,则十分困难。美国近代诗人 Ezra Pound 曾模仿过中国诗歌的创作方法,主要就是我在上面讲到的温庭筠的诗和马致远的曲。但是影响也不十分显著。用分析性的语言模仿综合性语言的诗歌,恐怕是有不可逾越的鸿沟吧。至于将来的发展如何,那是以后的事,我不是算命先生,就此打住吧。

1992 年 4 月 24 日

"天人合一"新解

　　"天人合一"是中国哲学史上的一个非常重要的命题。中外治中国哲学史的学者，哪一个也回避不开。但是，对这个命题的理解、解释和阐述，却相当分歧。学者间理解的深度和广度、理解的角度，也不尽相同。这是很自然的，几乎没有哪一个哲学史上的命题的解释是完全一致的。

　　我在下面先简略地谈一谈这个命题的来源，然后介绍一下几个有影响的学者对这个命题的解释，最后提出我自己的看法，也可以说是"新解"吧。对于哲学，其中也包括中国哲学，我即使不是一个完全的门外汉，最多也只能说是一个站在哲学门外向里面望了几眼的好奇者。但是，天底下的事情往往有非常奇怪的，真正的内行"司空见惯浑无事"，对一些最常谈的问题习以为常，熟视无睹，而外行人则怀着一种难免幼稚但却淳朴无所蔽的新鲜的感觉，看出一些门道来。这个现象在心理学上很容易解释，在人类生活和科学研究中，并不稀见。我希望，我就是这样的外行人。

我先介绍一下这个命题的来源和含义。

什么叫"天人合一"呢？"人"，容易解释，就是我们这一些芸芸众生的凡人。"天"，却有点困难，因为"天"字本身含义就有点模糊。在中国古代哲学家笔下，"天"有时候似乎指的是一个有意志的上帝。这一点非常稀见。有时候似乎指的是物质的天，与地相对。有时候似乎指的是有智力有意志的自然。我没有哲学家精细的头脑，我把"天"简化为大家都能理解的大自然。我相信这八九不离十，离真理不会有十万八千里。这对说明问题也比较方便。中国古代的许多大哲学家，使用"天"这个字，自己往往也有矛盾，甚至前后抵触。这一点学哲学史的人恐怕都是知道的，用不着细说。

谈到"天人合一"这个命题的来源，大多数学者一般的解释都是说源于儒家的思孟学派。我觉得这是一个相当狭隘的理解。《中华思想大辞典》说："主张'天人合一'，强调天与人的和谐一致是中国古代哲学的主要基调。"这是很有见地的话，这是比较广义的理解，是符合实际情况的。我现在就根据这个理解来谈一谈这个命题的来源，意思就是，不限于思孟，也不限于儒家。我先补充上一句：这个代表中国古代哲学主要基调的思想，是一个非常伟大的、含义异常深远的思想。

为了方便起见，我还是先从儒家思想介绍起。《周易·乾卦·文言》说："'大人'者与天地合其德，与日月合其明，与四时合其序，与鬼神合吉凶，先天而天弗违，后天而奉天时。"这里讲的就是"天人合一"的思想，这是人生的最高的理想境界。

孔子对天的看法有点矛盾。他时而认为天是自然的，天不言而四时行，而万物生。他时而又认为，人之生死富贵皆决定于天。他不把天视作有意志的人格神。

子思对于天人的看法，可以《中庸》为代表。《中庸》说："能尽人之性，则能尽物之性；能尽物之性，则可以赞天地之化育，则可以与天地参矣。"

孟子对天人的看法基本上继承了子思的衣钵。《孟子·万章上》说："莫之为而为者，天也；莫之致而致者，命也。"天命是人力做不到达不到而最后又能使其成功的力量，是人力之外的决定的力量。孟子并不认为天是神；人们只要能尽心养性，就能够认识天。《孟子·尽心上》说："尽其心者，知其性也；知其性则知天矣。"

到了汉代，汉武帝独尊儒术。董仲舒是当时儒家的代表。是他认真明确地提出了"天人之际，合而为一"的思想。《春秋繁露·人副天数》中说："人有三百六十节，偶天之数也；形体骨肉，偶地之厚也；上有耳目聪明，日月之象也；体有空窍理脉，谷川之象也。"《阴阳义》中说："天亦有喜怒之气，哀乐之心，与人相副，以类合之，天人一也。"董仲舒的"天人合一"思想，是非常明显的。他的"天人感应"说，有时候似乎有迷信色彩，我们不能不加以注意。

到了宋代，是中国所谓"理学"产生的时代，此时出了不少大儒。尽管学说在某一些方面也有所不同，但在"天人合一"方面，几乎都是相同的。张载明确地提出了"天人合一"的命题。程颐说："天、地、人，只一道也。"宋以后儒家关于这一方面的言论，我不再介绍了。我在上面已经说过，这个思想不限于儒家。如果我们从更宏观的角度来看这个问题，把"天人合一"理解为人与大自然的关系。那么在儒家之外，其他道家、墨家和杂家等等也都有类似的思想。我在此稍加介绍。

老子说："人法地，地法天，天法道，道法自然。"王弼注说："与自然无所违。"《庄子·齐物论》说："天地与我并生，而万物与我为一。"看起来道家在主张"天人合一"方面，比儒家还要明确得多。墨子对天命鬼神的看法有矛盾。他一方面强调"非命""尚力"，人之富贵贫贱荣辱在力不在命。但是在另一方面，他又推崇"天志""明鬼"。他的"天"好像是一个有意志行赏罚的人格神。天志的内容是兼相爱。他的政治思想，比如兼爱、非攻、尚贤、尚同，也有同样的标记。至于吕不韦，在《吕氏春秋·应同》中说："成齐类同皆有合，故尧为善而众善至，桀为非而众非来。《高箴》云：'天降灾布祥，并有其职。'"这里又说："山云草莽，水云鱼鳞，旱云烟火，雨云水波，无不皆类其所生以示人。"从这里可以看出，吕氏是主张自然（天）是与人相应的。

中国古代"天人合一"的思想，就介绍这样多。我不是写中国哲学史，不过聊举数例说明这种思想在中国古代十分普遍而已。

不但中国思想如此，而且古代东方思想也大多类此。我只举印度一个例子。印度古代思想派系繁多。但是其中影响比较大根底比较雄厚的是人与自然合一的思想。印度使用的名词当然不会同中国一样。中国管大自然或者宇宙叫"天"，而印度则称之为"梵"（brahman）；中国的"人"，印度称之为"我"（Ātman，阿特曼）。总起来看，中国讲"天人"，印度讲"梵我"，意思基本上是一样的。印度古代哲学家有时候用 tat（等于英文的 that）这个字来表示"梵"。梵文 tatkartr，表面上看是"那个的创造者"，意思是"宇宙的创造者"。印度古代很有名的一句话"tat tvam asi"，表面上的意思是"你就是那个"，真正的含义是"你就是宇宙"（你与宇宙合一）。宇宙，梵是大我；阿特曼，我是小我。奥义书中论述梵我关系常使用一个词儿 Brahmātmaikyam，意思是"梵我一如"。吠檀多派大师商羯罗（Sankara，约 788—820），张扬"不二一元论"（Advaita）。大体的意思是，有的奥义书把"梵"区分为二：有形的梵和无形的梵。有形的梵指的是现象界或者众多的我（小我）；无形的梵指的是宇宙本体最高的我（大我）。有形的梵是不真实的，而无形的梵才是真实的。所谓"不二一元论"就是说：真正实在的唯有最高本体梵，而作为现象界的我（小我）在本质上就是梵，二者本来是同一个东西。我们拨开这些哲学迷雾看一看本来面目。这一套理论无非是说梵我合人，也就是天人合一，中印两国的思想基本上是一致的（请参阅姚卫群《吠檀多派哲学的梵我关系理论》，《南亚研究》1992 年第三期，页 37—44）。

从上面的对中国古代思想和印度古代思想的介绍中，我们可以看到，尽管使用的名词不同，而内容则是相同的。换句话说，"天人合一"的思想是东方思想的普遍而又基本的表露。我个人认为，这个思想是有别于西方分析的思维模式的东方综合的思维模式的具体表现。这个思想非常值得注意，非常值得研究，而且还非常值得发扬光大，它关系到人类发展的前途。

专就中国哲学史而论，我在本文一开头就说到：哪一个研究中国哲学史的学者也回避不开"天人合一"这个思想。要想对这些学者们的看法一一详加介绍，那是很难以做到的，也是没有必要的。我在下面先介绍几个我认为有代表性的哲学史家的看法，然后用比较长一点的篇幅来介绍中国现当代国学大师钱宾四（穆）先生的意见，他的意见给了我极大的启发。

首先介绍中国著名的哲学史家冯芝生（友兰）先生的意见。芝生先生毕生研究中国哲学史，著作等身，屡易其稿，前后意见也不可避免地不能完全一致。他的《中国哲学史》是一部皇皇巨著，在半个多世纪的写作过程中，随着时代潮流的变换，屡屡改变观点，直到逝世前不久才算是定稿。我不想在这里详细讨论那许多版本的异同。我只选出一种比较流行的也就是比较有影响的版本，加以征引，略作介绍，使读者看到冯先生对这个"天人合一"思想的评论意见。我选的是1984年中华书局版的《中国哲学史》。他在上册页164谈到孟子时说："'万物皆备于我''上下与天地同流'等语，颇有神秘主义之倾向。其本意如何，孟子所言简略，不能详也。"由此可见，冯先生对孟子"天人合一"的思想没有认真重视，认为"有神秘主义倾向"。看来他并不以为这种思想有什么了不起。他的其他意见不再具引。

第二个我想介绍的是中国著名的思想史家侯外庐先生。他在《中国思想通史》（人民出版社，1957年）第一卷，页380，谈到《中庸》的"天人合一"的思想。他引用了《中庸》的几段话，其中包括我在上面引的那一段。在页381侯先生写道："这一'天人合一'的思想，已在西周的宗教神上面加上了一层'修道之谓教'。"看来这一位中国思想史专家，对"天人合一"思想的理解与欣赏水平，并没能超过冯友兰先生。

我想，我必须引用一些杨荣国先生的意见，他代表了一个特定时代的御用哲学家的意见。他是"十年浩劫"中几乎仅有的一个受青睐的中国哲学史家。他的《简明中国哲学史》（人民出版社，1973年）可以代表他的观点。在这一部书中，杨荣国教授对与"天人合一"思想有关的古代哲学家一竿子批到底。他认为孔子"要挽救奴隶制的危亡，妄图阻止人民的反抗"（页25）。孔子的"政治立场的保守，决定他有落后、反动的一面"（同上）。对子思和孟子则说，"力图挽救种族统治、把孔子天命思想进一步主观观念化的唯心主义哲学"（页29），"孟子鼓吹超阶级的性善论"（页34），"由于孟子是站在反动的奴隶主立场，是反对社会向前发展的，所以他的历史观必然走上唯心主义的历史宿命论"（页35），"由是孔孟之道更加成为奴役劳动人民的精神枷锁。要彻底砸烂这些精神枷锁，必须批判孔孟哲学，并肃清其流毒和影响"（页37）。下面对董仲舒（页74—84），对周敦颐（页165—169），对程颐（页171—177），对朱熹（页191—198）等等，所使用的词句都差不多，我不一一具引了。这同平常我们所赞同的批判继承的做法，不大调和。但是它确实代表了一个特定时期的思潮，读者不可不知，所以我引征如上。

最后，我想着重介绍当代国学大师钱宾四（穆）先生对"天人合一"思想的看法。

钱宾四先生活到将近百岁才去世。他一生勤勤恳恳，笔耕不辍，他真正不折不扣地做到了"著作等身"，对国学研究做出了极其重要的贡献。他涉猎方面极广，但以中国古代思想史为轴心。因此，在他漫长的一生中，在他那些大大小小长长短短的著述中，很多地方都谈到了"天人合一"。我不可能一一列举。我想选他的一种早期的著作，稍加申述；然后再选他逝世前不久写成的他最后一篇文章。两个地方都讲到"天人合一"；但是他对这个命题的评价却迥乎不同。我认为，这一件事情有极其重要的含义。一个像钱宾四先生这样的国学大师，在漫长的生命中，对这个命题最后达到的认识，实在是值得我们非常重视的。

我先介绍他早期的认识。

宾四先生著的《中国思想史》(《现代国民基本知识丛书》第一辑)中说：

> 中国思想，有与西方态度极相异处，乃在其不主向外觅理，而认真理即内在于人生界之本身，仅指其在人生界中之普遍者共同者而言，此可谓之内向觅理。

书中又说：

> 中国思想，则认为天地中有万物，万物中有人类，人类中有我。由我而言，我不啻为人类中心，人类不啻为天地万物之中心，而我又为其中心之中心。而我之与人群与物与天，寻本而言，则浑然一本，既非相对，亦非绝对。

在这里，宾四先生对"天人合一"的思想没有加任何评价。大概他还没有感觉到这个思想有什么了不起之处。

但是，过了几十年以后，宾四先生在他一生最后的一篇文章《中国文化对人类未来可有的贡献》（载刘梦溪主编的《中国文化》，1991年8月第四期，页93—96）中，对"天人合一"这个命题有了全新的认识。文章不长，《中国文化》系专门学术刊物又不大容易见到，我索性把全文抄在下面：

〔前言〕中国文化中，"天人合一"观，虽是我早年已屡次讲到，唯到最近始澈悟此一观念是整个中国传统文化思想之归宿处。去年9月，我赴港参加新亚书院创校四十周年庆典，因行动不便，在港数日，常留旅社中，因有所感而思及此。数日中，专一玩味此一观念，而有澈悟，心中快慰，难以言述。我深信中国文化对世界人类未来求生存之贡献，主要亦即在此，惜余已年老体衰，思维迟钝，无力对此大体悟再作阐发，唯待后来者之继起努力。今适中华书局建立八十周年庆，索稿于余，姑将此感写出，以为祝贺。

中国文化过去最伟大的贡献，在于对"天""人"关系的研究。中国人喜欢把"天"与"人"配合着讲。我曾说"天人合一"论，是中国文化对人类最大的贡献。

从来世界人类最初碰到的困难问题，便是有关天的问题。我曾读过几本西方欧洲古人所讲有关"天"的学术性的书，真不知从何讲起。西方人喜欢把"天"与

"人"离开分别来讲。换句话说，他们是离开了人来讲天。这一观念的发展，在今天，科学愈发达，愈易显出它对人类生存的不良影响。

中国人是把"天"与"人"和合起来看。中国人认为"天命"就表露在"人生"上。离开"人生"，也就无从来讲"天命"，离开"天命"也就无从来讲"人生"。所以中国古人认为"人生"与"天命"最高贵最伟大处，便在能把他们两者和合为一。离开了人，又从何处来证明有天。所以中国古人，认为一切人文演进都顺从天道来。违背了天命，即无人文可言。"天命""人生"和合为一，这一观念，中国古人早有认识。我以为"天人合一"观，是中国古代文化最古老最有贡献的一种主张。

西方人常把"天命"与"人生"划分为二，他们认为人生之外别有天命，显然是把"天命"与"人生"分作两个层次，两个场面来讲。如此乃是天命，如此乃是人生。"天命"与"人生"分别各有所归。此一观念影响所及，则天命不知其所命，人生亦不知其所生，两截分开，便各失却其本义。绝不如古代中国人之"天人合一"论，能得宇宙人生会通合一之真相。

所以西方文化显然需要另有天命的宗教信仰，来作他们讨论人生的前提。而中国文化，既认为"天命"与"人生"同归一贯，并不再有分别，所以中国古代文化起源，亦不再需有像西方古代人的宗教信仰。在中国思想中，"天""人"两者间，并无"隐""现"分别。除却"人生"，你又何处来讲"天命"。这种观念，除中国古人外，亦为全世界其他人类所少有。

我常想，现代人如果要想写一部讨论中国古代文化思想的书，莫如先写一本中国古代人的天文观，或写一部中国古代人的天文学，或人生学。总之，中国古代人，可称为抱有一种"天即是人，人即是天，一切人生尽是天命的天人合一观"。这一观念，亦可说即是古代中国人生的一种宗教信仰，这同时也即是古代中国人主要的人生观，亦即是其天文观。如果我们今天亦要效法西方人，强要把"天文"与"人生"分别来看，那就无从去了解中国古代人的思想了。

即如孔子的一生，便全由天命，细读《论语》便知。子曰："五十而知天命""天生德于予"。又曰："知我者，其天乎！""获罪于天，无所祷也。"倘孔子一生全可由孔子自己一人作主宰，不关天命，则孔子的天命和他的人生便分为二。离开天命，专论孔子个人的私生活，则孔子一生的意义与价值就减少了。就此而言，孔子的人生即是天命，天命也即是人生，双方意义价值无穷。换言之，亦可说，人生离去了天命，便全无意义价值可言。但孔子的私生活可以这样讲，别人不能。这一观念，在中国乃由孔子以后战国时代的诸子百家所阐扬。

读《庄子·齐物论》，便知天之所生谓之物。人生亦为万物之一。人生之所以异于万物者，即在其能独近于天命，能与天命最相合一，所以说"天人合一"。此义宏深，又岂是人生于天命相离远者所能知。果使人生离于天命远，则人生亦同于万物与万物无大相异，亦无足贵矣。故就人生论之，人生最大目标、最高宗旨，即在能发明天命。孔子为儒家所奉称最知天命者，其他自颜渊以下，其人品德性之高下，即各以其离于天命远近为分别。这是中国古代论人生之最高宗旨，后代人亦与此不远。这可以说是我中华民族论学分别之大体所在。

近百年来，世界人类文化所宗，可说全在欧洲。最近五十年，欧洲文化近于衰落，此下不能再为世界人类文化向往之宗主。所以可说，最近乃是人类文化之衰落期。此下世界文化又将何所向往？这是今天我们人类最值得重视的现实问题。

以过去世界文化之兴衰大略言之，西方文化一衰则不易再兴，而中国文化则屡仆屡起，故能绵延数千年不断。这可说，因于中国传统文化精神，自古以来即能注意到不违背天，不违背自然，且又能与天命自然融合一体。我以为此下世界文化之归结，恐必将以中国传统文化为宗主。此事涵义广大，非本篇短文所能及，暂不深论。

今仅举"天下"二字来说，中国人最喜言"天下"。"天下"二字，包容广大，其涵义即有，使全世界人类文化融合为一，各民族和平并存，人文自然相互调适之义。其他亦可据此推想。

我抄了宾四先生的全文。此文写于 1990 年 5 月。全抄的目的无非是想让读者得窥全豹。我不敢擅自加以删节，恐失真相。

我们把宾四先生早期和晚期的两篇著作一对比便发现。他晚年的这一篇著作，对"天人合一"的认识大大地改变了。他自己使用"澈悟"这个词，有点像佛教的"顿悟"。他自己称此为"大体悟"，说这"是中国文化对人类最大的贡献"，又说"此事涵义广大"，看样子他认为这是一件了不起的事。我们当然都非常希望知道，这"澈悟"的内容究竟是什么。可惜他写此文以后不久就谢世，这将成为一个永恒的谜。宾四先生毕生用力探索中国文化之精髓。积八十年之经验，对此问题必有精辟的见解，可惜我们永远也不会知道了。

他在此文中一再讲"人类生存"。他讲得比较明确："天"就是"天命"；"人"就是"人生"。这同我对"天""人"的理解不大一样。但是，他又讲到"不违背天，不违背自然"，把"天"与"自然"等同，又似乎同我的理解差不多。他讲到中国文化与西方文化，认为"欧洲文化近于衰落"，将来世界文化"必将以中国传统文化为宗主"。这一点也同我的想法差不多。

宾四先生往矣。我不揣谫陋，谈一谈我自己对"天人合一"的看法，希望对读者有那么一点用处，并就正于有道。我完全同意宾四先生对这个命题的评价：涵义深远，意义重大。我在这里只想先提出一点来：正如我在上面谈到的，我不把"天"理解为"天命"，也不把"人"理解为"人生"；我认为"天"就是大自然，"人"就是我们人类。天人关系是人与自然的关系。看来在这一点上我同宾四先生意见是不一样的。

我怎样来解释"天人合一"呢?

话要说得远一点，否则不易说清楚。

最近四五年以来，我以一个哲学门外汉的身份，有点不务正业，经常思考一些东西方文化关系问题，思考与宾四先生提出的"此下世界文化又将何所向往"相似的问题。我先在此声明一句：我并不是受到宾四先生的启发才思考的，因为我开始思考远在他的文章写成以前。只能说是"不谋而合"吧。我曾在许多文章中表达了我的想法，在许多国际学术研讨会上，我也发表了一些讲话。由最初比较模糊，比较简单，比较凌乱，比较浅薄，进而逐渐深化，逐渐系统，颇得到国内外一些真正的行家的赞许。我甚至收到了从西班牙属的一个岛上寄来的表示同意的信。

那么，我是如何思考的呢？

详细地介绍，此非其地。我只能十分简略地介绍一下。我从人类文化产生多元论出发，我认为，世界上每一个民族，不管大小，都或多或少地对人类文化做出了贡献。自从人类有历史以来，共形成了四个文化体系：

一、中国文化

二、印度文化

三、从古代希伯来起经过古代埃及、巴比伦以至伊斯兰阿拉伯文化的闪族文化

四、肇端于古代希腊、罗马的西方文化

这四个文化体系又可以划分为两大文化体系：东方文化和西方文化。前三者属于东方文化，第四个属于西方文化。两大文化体系

的关系是：三十年河西、三十年河东。

东西两大文化体系的区别，随处可见。它既表现在物质文化上，也表现在精神文化上。具体的例子不胜枚举。但是，我个人认为，两大文化体系的根本区别来源于思维模式之不同。这一点我在上面已经提到过：东方的思维模式是综合的，西方的思维模式是分析的。勉强打一个比方，我们可以说：西方是"一分为二"，而东方则是"合二而一"。再用一个更通俗的说法来表达一下：西方是"头痛医头，脚痛医脚""只见树木，不见森木"，而东方则是"头痛医脚，脚痛医头""既见树木，又见森林"。说明再抽象一点：东方综合思维模式的特点是，整体概念，普遍联系；而西方分析思维模式则正相反。

现在我回到本题。"天人合一"这个命题正是东方综合思维模式的最高最完整的体现。

我在上面已经说到，我理解的"天人合一"是讲人与大自然合一。我现在就根据这个理解对人与自然的关系进行一些分析。

人，同其他动物一样，本来也是包括在大自然之内的。但是自从人变成了"万物之灵"以后，顿觉自己的身价高了起来，要闹一点"独立性"，想同自然对立，要平起平坐了。这样才产生出来了人与自然的关系。

人类在成为"万物之灵"之前或之后，一切生活必需品都必须取给于大自然，衣、食、住、行，莫不皆然。人离开了自然提供的这些东西，一刻也活不下去。由此可见人与自然关系之密切、之重要。怎样来处理好人与自然的关系，就是至关重要的了。

据我个人的观察与思考，在处理人与自然的关系方面，东方文化与西方文化是迥乎不同的。夸大一点简直可以说是根本对立的。西方的指导思想是征服自然；东方的主导思想，由于其基础是综合的模式，主张与自然万物浑然一体。西方向大自然穷追猛打，暴烈索取。在一段时间以内，看来似乎是成功的：大自然被迫勉强满足了他们的生活的物质需求，他们的日子越来越红火。他们有点忘乎所以，飘飘然昏昏然自命为"天之骄子""地球的主宰"了。

东方人对大自然的态度是同自然交朋友，了解自然，认识自然；在这个基础上再向自然有所索取。"天人合一"这个命题，就是这种态度在哲学上的凝练的表述。东方文化曾在人类历史上占过上风，起过导向作用，这就是我所说的是"三十年河东"。后来由于种种原因，时移势迁，沧海桑田。西方文化取而代之。钱宾四先生所说的："近百年来，世界人类文化所宗，可说全在欧洲。"这就是我所说的"三十年河西"。世界形势的发展就是如此，不承认是不行的。

东方文化基础的综合的思维模式，承认整体概念和普遍联系，表现在人与自然的关系上就是人与自然为一整体，人与其他动物都包括在这个整体之中。人不能把其他动物都视为敌人，要征服它们。人吃一些动物的肉，实在是不得已而为之。从古至今，东方的一些宗教，比如佛教，就反对杀牲，反对肉食。中国固有的思想中，对鸟兽表示同情的表现，在在皆有。最著名的两句诗："劝君莫打三春鸟，子在巢中待母归。"是众所周知的。这种对鸟兽表示出来的怜悯与同情，十分感人。西方诗中是难以找到的。孟子的话"恻隐之心人皆有之"，也表现了同一种感情。

东西方的区别就是如此突出。在西方文化风靡世界的几百年中，在尖刻的分析思维模式指导下，西方人贯彻了征服自然的方针。结果怎样呢？有目共睹，后果严重。对人类的得寸进尺永不餍足的需求，大自然的忍耐程度并非无限，而是有限度的。在限度以内，它能够满足人类的某一些索取。过了这个限度，则会对人类加以惩罚，有时候是残酷的惩罚。即使是中国，在我们冲昏了头脑的时候，大量毁林造田，产生的后果，人所共知：长江变成了黄河，洪水猖獗肆虐。

从全世界范围来看，在西方文化主宰下，生态平衡遭到破坏，酸雨到处横行，淡水资源匮乏，大气受到污染，臭氧层遭到破坏，海、洋、湖、河、江遭到污染，一些生物灭种，新的疾病冒出等等，威胁着人类的未来发展，甚至人类的生存。这些灾害如果不能克制，则用不到一百年，人类势将无法生存下去。这些弊害目前已经清清楚楚地摆在我们眼前，哪一个人敢说这是危言耸听呢？

现在全世界的明智之士都已痛感问题之严重，但是却不一定有很多人把这些弊害同西方文化挂上钩。然而，照我的看法，这些东西非同西方文化挂上钩不行。西方的有识之士，从20世纪二十年代起直到最近，已经感到西方文化行将衰落。钱宾四先生说："最近五十年，欧洲文化近于衰落。"他的忧虑同西方眼光远大的人如出一辙。这些意见同我想的几乎完全一样，我当然是同意的，虽然衰落的原因我同宾四先生以及西方人士的看法可能完全不相同。

有没有挽救的办法呢？当然有的。依我看，办法就是以东方文化的综合思维模式济西方的分析思维模式之穷。人们首先要按照中国人、东方人的哲学思维，其中最主要的就是"天人合一"的思想，同大自然交朋友，彻底改恶向善，彻底改弦更张。只有这样，人类才能继续幸福地生存下去。我的意思并不是要铲除或消灭西方文化。不是的，完全不是的。那样做，是绝对愚蠢的，完全做不到的。西方文化迄今所获得的光辉成就，绝不能抹杀。我的意思是，在西方文化已经达到的基础上，更上一层楼，把人类文化提高到一个前所未有的高度。"三十年河西，三十年河东"这个人类社会进化的规律能达到的目标，就是这样。

有一位语言学家讽刺我要"东化"。他似乎认为这是非圣无法大逆不道之举。愧我愚陋，我完全不理解：既然能搞"西化"，为什么就不能搞"东化"呢？

"风物长宜放眼量"。我们绝不应妄自尊大。但是我们也不应妄自菲薄。我们不应当囿于积习，鼠目寸光，认为西方一切都好，我们自己一切都不行。这我期期以为不可。

多少年来，人们沸沸扬扬，义形于色，讨论为什么中国自然科学不行，大家七嘴八舌，争论不休，都认为这是一件事实，不用再加以证明。然而事情真是这样吗？我自己对自然科学所知不多，不敢妄加雌黄。我现在吁请大家读一读中国当代数学大家吴文俊先生的一篇文章：《关于研究数学在中国的历史与现状》（见《自然辩证法通讯》1990 年第四期）。大家从中一定可以学习很多东西。

总之，我认为，中国文化和东方文化中有不少好东西，等待我们去研究，去探讨，去发扬光大。"天人合一"就属于这个范畴。我对"天人合一"这个重要的命题的"新解"，就是如此。

1992 年 12 月 17 日

关于"天人合一"思想的再思考

在《"天人合一"新解》里，我论述了中国和印度的"天人合一"的思想。现在，我又补充了日本和朝鲜（韩国）的"天人合一"的思想。东方几个有代表性的国家，我都谈到了。因此，我说，"天人合一"的思想，是东方文明的主导思想，应该说是有坚实可靠的根据的。

我在下面介绍两篇文章，第一篇是李慎之教授的《中国哲学的精神》。

在进入正文之前，我想先讲一点琐事，也可以算是"花絮"吧。

我最初并不认识李慎之先生，只在中国国际交流协会的理事会上见过几次面。我认为他不过是一个外交官，一个从事国际活动的专家，给我没有留下多么深刻的印象。前几年，台湾的星云大师率领庞大的僧尼代表团，来大陆访问。赵朴老在人民大会堂设素斋招待。排座位，我适与他邻座。既然邻座，必然要交谈。

谈了没有几个回合，我心里就大吃一惊，我惊其博学，惊其多识，我暗自思忖："这个人看来必须另眼相看了。"

《吴宓与陈寅恪》一书出版，在懂行者的人们中，颇引起一点轰动。报纸杂志上刊出了几篇文章，从不同的角度上对陈吴二师的思想学术和交谊，做了一些探讨，极有见地，相当深刻，发潜德之幽光，使二师的真相逐渐大白于天下，我心中窃以为慰。

有一天，见到李先生。他告诉我，他看到我为那一本书题的封面，我在书名之外写上了"弟子季羡林敬署"。这本是一件微末不足道的小事，他却大为感慨。我小时候练习过毛笔字，后来长期在国外，毛笔不沾手者十有余年。我自知之明颇有一点，自知书法庸陋，从不敢以书法家自命。不意近若干年以来，竟屡屡有人找我写这写那。初颇惶恐觳觫，竭力抗拒。人称谦虚，我实愧恧。于是横下了一条心："你不嫌丑，我就不脸红！"从而来者不拒，大写起来。但是，《吴宓与陈寅恪》却不属于这个范畴。为两位恩师的书题写书名，是极大的光荣。题上"弟子"字样，稍寓结草衔环之意。这一切都是在有意与无意之间进行的。然而慎之却于其中体会出深文奥义，感叹当今世态浇漓，师道不尊，"十年浩劫"期间，学生以打老师为光荣，而今竟有我这样的傻子、呆子，花岗岩的老脑袋瓜，仍遵古道，自署"弟子"。他在慨叹之余，提笔写了一篇关于《吴宓与陈寅恪》一书的文章，寄了给我。不知何故，没能收到。他又把文章复制了一份，重新付邮，并附短札一通。文章的名字叫《守死善道　强哉矫》，副标题是"——读《吴宓与陈寅恪》"。信与文章都是一流的。我现在先把信抄在下面：

季先生：

　　拙文于六月底草成后即寄上请正。既然没有收到，就再次挂号寄上。

　　上次信中，还写了一些对陈吴两先（生）表示钦仰的话，并且希望两先生的老节能为中国知识分子之操守立一标准。这次就都不评说了。只是仍然深感自己才力薄弱，不足以发两先生的潜德幽光，滋有愧耳。

　　专此即颂

秋安

　　　　　　　　李慎之　1992 年中秋夜

看了这封信，我相信，读者会认为我抄它是应该的。至于那一篇文章，我力劝他发表，现已在《瞭望》1992 年第四十二期上刊出。我劝对陈吴两师有意研究了解者务必一读。我认为这是一篇难得的好文章，有见解，有气势，有感情，有认识；对两先生毕生忠于自己的信念，不侮食自矜，不曲学阿世，给予了最高的评价；对两先生生死全交终生不渝的友谊给予了最高的赞美。文章说："陈先生的悲剧并不在他的守旧而正在于他的超前，这就是所谓'先觉有常刑'。"真可以掷地作金石声！

　　这就是我认识李慎之的经过，这就是我认识的李慎之。

　　这"花絮"实在有点太长了。但是，我相信，读者读了以后，或许还有人认为，它还应该再长一点。

　　现在来介绍《中国哲学的精神》。

　　按照平常的做法，我应当先对本文加以概述，然后选取某些

115

点加以详细评论，或赞同，或否定，或誉，或毁，个人的看法当然也要提到，于是一篇文章便大功告成。我现在不想这样办。我觉得，这样办虽符合新八股的规律，然而却是"可怜无补费精神"。大家不是常说"求同存异"吗？我想反其道而行之，来一个"求异存同"，并非想标新立异，实不得不尔耳。

说到"求异存同"，我又不得不啰唆几句。李慎之先生在《守死善道　强哉矫》那一篇文章里引用了古人的话："朋友，以义合者也。"我认为，这是涵义深刻的一句话。但是，什么叫"义"呢？韩文公说："行而宜之之谓义。"这仍然是"妻者，齐也"同音相训的老套。我个人觉得，"义"起码包含着肝胆相照这样一层意思，就是说，朋友之间不说假话，要讲真实的话。慎之做到了这一点，我现在努力步其后尘。

在这个思想的指导下，我介绍《中国哲学的精神》一文，不谈本文，只谈《后记》。慎之说："我过去看到季先生一些短篇论东西文化的文章，总以为他的思想与我大相径庭。这次看到他的长篇论述，才发觉我们的看法原来高度一致。"（原文页10，第二栏）这对我无疑是一个极大的鼓舞，给了我极大的安慰。关于"高度一致"的地方，我就不再淡了。我现在专谈"高度不一致"的地方。

这样的地方我归纳为以下三点，分别谈谈我的意见。

一、西方科学技术的副作用问题

李慎之先生说："季先生似乎对西方科学技术的副作用看得多

了一点。"可我自己觉得，我看得不是太多，而是太少。关于这个问题，我并不是先知先觉。西方有识之士早已看到了，而且提出了警告。不但今天是这样，而且在一百多年以前已经有人提出来了。下面介绍郑敏教授的文章时，我还将谈论这个问题。这里就暂且不谈了。

前几天，我在香山召开的"东方伦理道德与青少年教育国际研讨会"上听到一位女士说，她最近读了一本外国某专家的书，书中列举了大量类似我在《新解》中所指出的西方科技产生出来的弊害，有说明，有理论，他最后的结论是：到了 21 世纪末，人类就到了"末日"，实在让人惊心动魄。我还没有像他那样悲观，原因大概就是因为我并非科技专家，也非社会学家。我所能看到的并且列举出来的弊害，并不全面。虽然我在列举弊害时，往往在最后加上"等等"，甚至两个"等等"这样的字样，看来是胸有成竹，种种弊害罗列心头，唾手可得。实际上是英雄欺人，是我要的一种手法。我限于能力，再也列举不出更多更具体更有力的证据了。

但是，就拿我所能列举出来的弊害来看，这些都是确确实实存在着的，而且还日益发展蔓延。这绝不是我个人的幻想，而是有目共睹的。可怜当今世界上那些有权势的能在这方面有所作为的大人物，对这些问题视而不见，懵懵懂懂，如在梦中，仍然在争名于朝、争利于市，自我感觉极端良好哩。

慎之在《后记》中又提到："去年 6 月讨论环境问题的全球首脑会议前夕，有一批当今世界上在各种学科居于领导地位的科学家特地写信给首脑会议发出呼吁，认为只有发展科学，发展技术，发展经济，才有可能最后解决环境问题。绝不能为保护环境而抑制发展，否则将两俱无成。我是赞成他们的意见的。"直白地说，我是不赞成他们的意见的，我期期以为不可。为了保护环境绝不能抑制科学的发展、技术的发展和经济的发展，这个大前提绝对是正确的。不这样做是笨伯，是傻瓜。但是，处理这个问题，脑筋里必须先有一根弦，先有一个必不可缺的指导思想，而这个指导思想只能是东方的"天人合一"的思想。否则就会像是被剪掉了触角的蚂蚁，不知道往哪里走。从发展的最初一刻起（from the very beginning），就应当在这种思想的指引下，念念不忘过去的惨痛教训，想方设法，挖空心思，尽上最大的努力，对弊害加以抑制，绝不允许空喊："发展！发展！发展！"高枕无忧，掉以轻心，梦想有朝一日科学会自己找出办法，挫败弊害。常言道："道高一尺，魔高一丈。"到了那时，魔已经无法控制，而人类前途危矣。中国旧小说中常讲到龙虎山张天师打开魔罐，放出群魔，到了后来，群魔乱舞，张天师也束手无策了。最聪明最有远见的办法是向观音菩萨学习，放手让本领通天的孙悟空去帮助唐僧取经。但同时又把一个箍套在猴子头上，把紧箍咒教给唐僧。这样可以两全其美。真无愧是大慈大悲的观世音。西方科学家们绝不能望其项背。他们那一套"科学主义"是绝对靠不住的。事实早已证明了：科学绝非万能。

二、东西方文化融合的问题

李慎之先生说："事实上，人类已经到了全球化的时代，各种文化的融合已经开始了。"

笼统地说，我是同意这个看法的。因为，文化一经产生并且发展到了一定的程度，就会融合；而只有不同的文化的融合才能产生更高一层的文化。历史事实就是如此。

在这里，关键问题是"怎样融合"？也就是慎之所说的"如何"（how）的问题。这也就是我同他分歧之所在。他的论点看样子是东西文化对等地融合，不分高下，不分主次，像是酒同水融合一样，你中有我，我中有你，平起平坐，不分彼此。这当然是很理想的，很美妙的。

但是，我却认为，这样的融合是不能解决问题的，倒不是因为我们要争一口气。融合必须是不对等的，必须以东方文化为主。

这不是有点太霸道了，太不讲理了吗？为了说明这个问题，话必须扯得远一点。

英国历史学家汤因比（Toynbee）在他的巨著《历史研究》（*Historieal Studies*）中，把人类在几千年的历史上所创造的文明归纳为二十三种或二十六种。意思就是说，任何文明都不能万岁千秋，永存不朽。这个观点是符合人类历史发展情况的。我归纳了一下，认为人类的文明或者文化大体上有五个阶段：诞生，成长，繁荣，衰竭，消逝。这种消逝不是毫不留踪迹地消失了，而是留有踪迹的，踪迹就存在于接它的班的文化中。这其实也是一种文化融合；但却不是对等的，而是有主有从的。

我们现在所说西方文化，是指汇合了古代希腊文化和希伯来文化而发展下来的欧美文化。其思想基础是分析的思维模式；其繁荣期是在工业革命以后，与资本主义的诞生有密切联系。这个文化把人类文化的发展推向一个空前的高度，创造的物质财富使全人类皆蒙其利，无远弗届。这一点无论如何也要强调的。但是，中外少数有识之士，已经感到，到了今天，这个文化已呈强弩之末之势。它那分析的特点碰到了困难，一些西方的物理学家提出了"夸克封闭"的理论。我于此是一个完全的外行，不敢赞一词。即使是还能分析下去，也绝不能说永远能分析下去。那种"万世不竭"的想法，恐怕只是一种空想。反正一向自认为已经抓到了真理，无所不适、无所不能的自然科学家并不能解决或者解释自然界和人类躯体上的一切问题，这已经是有目共睹的了。

西方文化衰竭了以后怎样呢？我的看法是：自有东方文化在。

可是，李慎之先生在这里又提出了问题。他在《辨同异合东西》这一篇发言里说："首先是，所谓东方与西方文化究竟何所指，就很难弄清楚。"这话自有其道理。一直到今天，主张东西文化有别的人还没有哪一个能够条分缕析地，翔实而又确凿地，令人完全信服地说出个道理来。这有待于我们进一步地思考与研究。但是绝不能因噎废食，就说东西文化分不清楚了。世界上万事万物，没有哪一个是绝对地纯的。连"真空"也不是百分之百的"真"。自其大者而言之，东西文化确有差别，而且差别极为明显，这一点无法否认。人类创造的文化很多，但是从总体上来看，可以分为东西两大文化体系。人类的思维模式，尽管名目繁多；但是从总体上来看也只能分为两大体系：综合的思维模式与分析的思维模式。这与东西两大文化体系适相对应。我在上面已经谈到，西方文化绝不能万岁千秋，西方的科学技术也绝非万能。自然界和人体内许多现象，西方科技无法解释。比如人体特异功能、中国的气功，还有中国傩文化中的一些现象，按照西方自然科学的规律是无法说得通的。把这些东西过分夸大，说得神乎其神，我并不相信；但是这种现象确实存在，又无法否认。

怎样来解释这些现象呢？西方的科学技术已经无能为力，也就是说，西方以分析思维模式为主导的探讨问题的方式已经无能为力了。换一个方式试试看怎样呢？在这里，alternative（可供选择的）只有东方文化，只有以综合思维模式为主导的东方探讨问题的方式。实迫如此，不得不尔。一个人的个人爱好在这里是无能为力的。

东西方文化的差别表现在众多的地方。原来我以为只有在社会科学和人文科学方面是这样的。后来我读了一些书和文章，才知道区别并不限于上述两种科学，连自然科学也不例外。给我启发最大的两篇文章，一篇是吴文俊教授的《关于研究数学在中国的历史与现状》，副标题是"东方数学典籍《九章算术》及其刘徽注研究序言"，发表在《自然辩证法通讯》第十二卷，总六十八期，1990第四期，页37—39上。第二篇是关上续先生的《科学历史的辩证法与辩证唯物主义的历史观》，副标题是"由吴文俊教授一篇序言引起的思考和讨论"，发表在《自然辩证法研究》，1991年第五期，页27—31上。两位作者都根本不是讨论东西方文化的问题；然而对探讨这两种文化之差别是有非常深刻的启发意义。我郑重推荐给对这个问题有兴趣的同行们读一读。

话扯得有点太远了，是收回来的时候了。话虽然多，但我深信并不是废话。看了这些话以后，读者自然就能明白，我理解的东西文化融合与慎之理解的大相径庭。我理解的不是对等的融合，而是两个文化发展阶段前后衔接的融合，而是必以一方为主的融合，就是"东风压倒西风"吧。试问一个以综合思维为基础的文化怎样能同一个以分析思维为基础的文化对等地融合呢？那样产生出来的究竟会是一种什么样的文化呢？

这里有一个十分关键的问题，必须加以解决，否则的话，我上面的那一些论证都成了肥皂泡，一吹就破。这就是：中国文化，或者泛而言之的东方文化，也已有了若干千年的历史，难道这个文化就不受我在上面提出来的文化发展的五个阶段的制约吗？难道在这里必须给东方文化以"特权"吗？否，否，东方文化也必须受那五个阶段的制约。在规律面前，方方平等。我拿中国文化做一个例子来解释一下这个问题。汤因比在他的书中曾把中国文化分为几个文明。其说能否成立，姑置不论。但是中国文化作为一个整体，在几千年的发展过程中，有过几次"输液"或者甚至"换血"的过程。印度佛教思想传入中国，是第一次"输液"。明清之际西方思想传入，是第二次"输液"。五四运动也可以算是第三次"输液"。有这样几次"输液"的过程，中国文化才得以葆其青春。这样的"输液"，西方文化是不明显的。工业革命以后的繁荣阶段，更是根本没有。这是东西方文化最显著的区别之一。

基于上述理由，我不能同意慎之的意见。

三、"三十年河东，三十年河西"的问题

这个问题在上面实际上已经解决了。但是，慎之在《后记》

里十分强调说:"季先生所提出的'三十年河东,三十年河西'论,是我最不能同意的。"因此,我觉得还有必要,再唠叨上几句。

这个问题,与其说是一个理论(慎之的"论"),毋宁说它是一个历史事实。既然在人类历史上有过许多文化或者文明,生生灭灭,变动不已,从广义上来看,这就是"三十年河东,三十年河西"。把范围缩小一点,缩为东西两大文化体系,情况稍有不同。在这里,历史上曾有过"三十年河东",现在正是"三十年河西",是否能再一个"三十年河东",这就有点理论味道了,因为历史还没有证明其"是"与"否"。我认为是"是",理由上面已经陈述过了。至于究竟如何,那就有待于历史的证明。黑格尔用"正——反——合"这个公式说明事物发展规律。我觉得,在东西文化的关系上应该是"正——反——正"。但是我对于理论不是内行,提出来求教于通人。

写到这里,我想起了一个古老的笑话,是关于两个近视眼看匾的,内容大家都知道的。我同慎之以及其他先生讨论的问题,等于还没拿出来的那一块匾。这样的问题只有历史的发展能最终解决,理论不管多么完美,多么奇妙,在没有被事实证明以前,都只能说是空想。因此,我对这个问题的考虑就到此为止,今后不想再写21世纪"畅想曲"了。这个问题留给文学家,留给诗人去处理吧。

下面介绍第二篇文章:郑敏教授的《诗歌与科学:世纪末重读雪莱〈诗辨〉的震动与困惑》。雪莱(1792—1822)这一篇文章是一篇极为重要的文章,真正闪耀着"天才的火花"。西人有言："诗人是预言家。"这话极有见地。诗人大概比我在上面提到的看（猜）匾的近视眼要高明得多多了。郑敏先生又以自己诗人的敏感写出了重读这篇文章的震动与困惑，极具有启发性。这与我在《新解》中提出的看法几乎完全符合。我不禁有点沾沾自喜了。

我在下面就郑敏教授的文章谈几点意见。

一、雪莱预言工业发展的恶果

英国浪漫主义诗人雪莱以惊人的诗人的敏感，在西方工业发展正如火如荼地上升的时候，预先看到了它能产生的恶果。因为我自己没有读《诗辨》，我只能依靠郑敏先生的介绍，我还是抄一点她的文章吧：

> 在他的感受里19世纪上半期的英国文化和人民的心态可谓病入膏肓。人们醉心于利用新兴的科学占领财富，一味放纵钻营的才能，而忽视心灵的培养。人们以机械的生产压制真正的创造性，而只有创造性才是真正的知识的源。在《诗辨》中雪莱指控工业革命将人们引上贪财、自私、愚昧的道路。

郑敏先生接下去在下面又写道：

从 17 世纪到 19 世纪，西方文明在强大富裕的路上疾驰，价值观念经受强大的冲击，科技的惊人成就使得人文科学黯然失色。为积累财富所需的知识和理性活动成为文教界所重视的，而诗和想象力由于其无助于直接换取市场上的优势而受到忽视，前者雪莱称之为钻营的本领，诗人意识到物质的丰富并不必然促成文明自低向高发展。

这些话对我们今天的中国也还有其借鉴的意义。我并不主张一切的财富积累都必须反对。那是某些宗教教派的信条，为我所不取。但在积累财富的同时不应该进行点精神文明方面的教育吗？

接下去，郑敏教授根据雪莱的预言列举了一些随着高科技在 20 世纪的发展而产生出来的"罪恶"：原子弹、艾滋病、民族仇恨的战火、森林被破坏、海洋受污染、动物种类不断减少、臭氧层遭破坏、吸毒的蔓延、国际贩毒活动猖狂、黑手党的暴力活动、灭绝种族的纳粹大屠杀、恐怖的夜间失踪、精神病院的黑暗等等。这同我在一些文章中列举的"弊端"，大同而小异。真是触目惊心，令人不寒而栗。

二、雪莱开出的药方

上面列举的那一些现象，不管称之为什么，反正都是确确实实存在的，必须有解救的办法，必须有治这些病的药方。

根据郑先生的介绍，雪莱开出来的药方是诗与想象力，再加上个爱。

根据郑先生的解释，"诗"，在很多情况下指的是诗的功能。雪莱认为，诗是神圣的，它具有一种道德的威力，它能克服邪恶。"想象力"，雪莱在《诗辨》中提出了它作为对物质崇拜和金钱专政相对抗的解毒剂。这种想象力的成分有柏拉图的理念、康德的先验主义，以及大量带有非理性（不是反理性）色彩的人文主义。在《诗辨》看来，那在富与高尚之间遗失的环节，就是想象力和诗。

雪莱医治人类创伤的另一剂良药就是"爱"。在《解放了的普罗米修斯》中，地下凶神德漠高更说爱这双有医疗功能的翅膀拥抱满目疮痍的世界。

总之，雪莱的浪漫主义想以爱来医治人的创伤，以想象力来开拓人的崇高，以诗来滋润久旱的土地。他的这一些想法，我们不见得都能接受。但是，这对我们会有很大的启发性，则是必须肯定的。

三、人与大自然的关系

一讲到爱，就会同人与大自然的关系挂上了钩。在这个问题上，郑敏教授有非常中肯的论述。我在下面抄一段她的话：

> 譬如当一部分人为了发财而疯狂的破坏自然时，诗

心使得一些人抗议滥杀野生动物，破坏原始森林，破坏臭氧层。愈来愈多的人走出以"人"为中心的狭隘、愚昧的宇宙观，认识到自然并不是为人而存在的，反之，人若要存在下去，要了解自然、保护自然。盲目破坏自然环境，最终是要受到自然的惩罚。在工业的初期，人类兴奋于一些科技的发明而以为人类万能，自我膨胀……使人类在愚蠢的谋财过程大量伤害了自然，今天我们已看到人和自然间的文本的关系，人的存在因自然受伤也面临危机。

这些意见同我在《新解》和其他文章中的意见完全一致。我们必须承认这些意见的正确。中国和东方一些国家自古以来的"天人合一"的思想，表达的正是这种思想和感情。拯救全人类灭亡的金丹灵药，雪莱提出来的是想象力、诗和爱，我们东方人提出来的是"天人合一"的思想，殊途同归，不必硬加轩轾。

四、西方向东方学习

写到这里，已经接近西方必须向东方学习的问题了。

关于这个问题，郑敏先生介绍了一些情况。她说，随着西方社会走向后工业化时代，西方思潮中发展了一股向东方文化寻找清热解毒的良药的潜流。她举出了一些例子，比如本世纪初的费诺罗萨（Fenollosa）和庞德（Ezra Pound）对中国文字和古典文学的兴趣。"这一支向东方文明寻找生机的学派虽然在 20 世纪以前已经开始，但在 19 世纪与 20 世纪发展成西方文化中一支颇有影响的亚文化。从道家、儒家、印度佛教近年在西方文化中的影响来讲，就可以看出西方思想家是如何希望将东方文化作为一种良药来疏浚西方文化血管中物质沉淀的阻塞。"在这里，郑敏教授举出了 F. 卡普拉（Fritjof Capra）和海德格尔，还有日本学者 Tezuka（手冢），以及德里达关于语言的讨论。

总之，西方向东方学习古已有之，于今为烈。我个人认为这是不可避免的，而且是一件大好的事情。特别值得思考的是这样一个事实：西方在第一次世界大战和第二次世界大战以后，都曾掀起了向东方学习的高潮。其中原因实在值得我们认真去思考。

五、两种思维方式

最后我想着重谈一谈东西两种思维方式或模式的问题。

几年以前，我提出了世界上两大思维模式的想法，东方的综合的思维模式和西方的分析的思维模式。我在本文中，在上面，也谈到了这个想法。我有点自知之明，自己绝不是什么哲学家，至多不过胡思乱想而已。可是对这种胡思乱想偏偏又有点沾沾自喜。这或许是人类的弱点之一吧，我也未能免俗。虽然对读者同意的反应和不同意的反应我并不怎样介意，但看到赞成的意见，心里总是有点舒服。这或许是人类的另一个弱点吧。

在郑敏教授的这一篇文章里，我无意中找到了同我的看法几乎完全相同的论述，窃以为慰。我先把有关的地方抄在下面：

> 20世纪后半期，西方结构主义与解构思维都以语言
> 为突破口，对人类文化的各方面进行阐释，最后落实到
> 两类思维模式，结构主义带着浓厚的崇尚科学的客观性
> 的倾向，企图将文字、语言及文化的各个方面纳入脱离
> 人性及主观想象力的活动而独立存在的结构符号系统的
> 世界。解构思维则对这种崇尚逻辑分析并以此为中心的
> 智性活动的垄断进行反抗。

再往下，郑敏先生又从人类智能的倾向方面把智能分为两大类：

> 分析的、重实的和综合的、重穿透和超越的。雪莱
> 认为科技属于前者，而诗的想象为后者。

这同上面讲到的人类的两种思维模式完全相当。根据郑先生的论述，这两种模式表现在很多方面，我先归纳一下，列出一个简明扼要的表，然后再逐项稍加解释：

> 分析知性（理性）　分析力　结构主义
> 综合悟性　想象力　解构思维

为了真实和准确起见，我在解释时少用自己的话，而多用郑文原文。

先谈分析和综合。"从 18 世纪以来，由于科技的突飞猛进，人们更重视分析的逻辑思维，而忽视想象力的海阔天空的创造性。"（郑文，页 48b）"但现在这类分析活动，正试用压倒创造发明的功能（指想象力——作者注）的直接表述。"（页 49b）"综合"，上面引文中已有，不再重复。

谈知性和悟性。"忘记了想象力、悟性是保护人类崇高精神和创造能力的一种天性。"（页 49a）"但他坚信这一切必须置于诗的功能和想象力的悟性（非狭隘的理性）之下。"页 48b 有"智性活动"这个词儿。"理性的运用强调分析、知性和实证，而忽略悟性，虽然悟性是凌驾于事实之上的一种超越的穿透性。"（页 48b）

谈分析力和想象力。上面的引文已经涉及到这方面了。现在再引上几句话。"想象力的集中表现为诗和哲学，分析力的集中表现为科技（与科学理论有别）；想象力的发展走向是超越物质世界，走向无拘束、无边无限的精神世界，而分析活动的发展产生了人对征服自然的强烈欲望。"（页 49a—b）我在别的地方讲过，"征服自然"是西方文化有别于东方文化的重要特点。郑文还提到，雪莱的《诗辨》主张以诗的功能和想象力来与分析性的功利主义和实用主义抗衡。（页 49a）

结构主义和解构思维，上面已引过。我现在再补充上一条："解构思维反对定型的僵化的系统和抽象，因此吸收了东方哲学的'道''无常道''无名天地始''常无观其妙'（羡林按：原文如此）、'玄者无形'等强调'无'的思维。"（页 48b）这样解构思维就同东方文化挂上了钩。

郑敏教授的论文就介绍到这里。

雪莱的《诗辨》和郑先生的文章，都是好文章。但是，是否我就完全同意不敢赞一词了呢？也不是的。我现在就根据自己的理解做一点补充，并且谈一谈自己的看法。

　　雪莱所谓的"诗"，不可能指世界上所有的诗。在过去的几千年中，各国人民创造了不少的种类繁多、内容和形式各异的诗，诗的功能也各种各样，有的诗显然并不具备雪莱所说的那一种"诗的功能"。我猜想，雪莱心目中的诗就是"浪漫主义"的诗。

　　其次，郑文中谈到了综合思维和分析思维，但是没有指出，这二者是否在地球上有所区别。我在上面已经指出，世界上没有绝对纯的东西，东西方都是既有综合思维，也有分析思维。但是，从宏观上来看，从总体上来看，这两种思维模式还是有地域区别的：东方以综合思维模式为主导，西方则是分析思维模式。这个区别表现在各个方面。东方哲学思想的特点的"天人合一"思想，就是以综合思维为基础的。

　　最后，我还想对诗人诅咒金钱谈上几句话。我觉得，金钱本身是没有什么善与恶的。善与恶决定于：金钱是怎样获得的？金钱又是怎样使用的？来的道路光明正大，使用的方式又合情合理，能造福人类，这就是善。否则就是恶。这个常识，很多人都会有的。

　　在结束本文之前，我再补充一点关于中国少数民族纳西族的类似汉族"天人合一"思想的哲学思想。

　　我在《新解》中和本文里讲的人与大自然合一的思想，都讲的是汉族。对于少数民族的哲学思想，我很少涉猎，不敢妄说。不久以前我收到云南朋友们赠送的《东巴文化与纳西哲学》，赠送者就是本书的作者李国文先生。读后眼界大开。书中使我最感兴趣的是"三、古老的宇宙观"。在这一章里，作者叙述了"动物崇拜型的世界血肉整体联系说"。这里讲了三种动物：虎、牛、青蛙。对于这三种动物与世界血肉整体联系，本书有很简明扼要的叙述，读者请参阅原书，我不再引证。为了给读者以具体的印象，我引用东巴经《虎的来历》中的一段话：

> ……大地上很好的老虎，虎头是天给的。虎皮是大地给的。虎骨是石头给的。虎肉是土给的。虎眼是星宿给的。虎肚是月亮给的。虎肺是太阳给的。虎心是铁给的。虎血是水给的。虎气是风给的。虎的声音是青龙给的。虎爪是大雕给的。虎胆是胜利神和白牦牛给的。虎耳是豺狗给的。

不用加任何解释，天地万物为一体的精神，跃然纸上。

这种"天人合一"的精神，其他少数民族中一定还有。我现在暂且不去探索了。

我这一篇长达一万五千字的拙文到此为止。它看似凌乱，实则有一条主轴思想贯穿其中。明眼人自能看出，我就不再啰唆了。

1993 年 6 月 6 日写完

哲学的用处

我曾在很多文章中说到过自己的一个偏见：我最害怕哲学和哲学家，有一千个哲学家，就有一千种哲学，有的哲学家竟沦为修辞学家。我怀疑，这样的哲学究竟有什么用处。

高明的人士教导说：哲学的用处大着哩，上可以阐释宇宙，下能够指导人生；自然科学的研究成果靠哲学来总结，世界人民前进的道路靠哲学来指明；人文素质用哲学来提高，个人修养用哲学来加深，如此等等，不一而足。这些话都说得很高，也可能很正确。但是，我总觉得有些地方对不上号。我也曾读过西洋哲学史，看过一些中国哲学史。无奈自己禀性庸劣，缺少慧根，读起来总感到有点格格不入。这就好像夏虫不足与语冬，河鳅不足与语海，天资所限，实在是无可奈何。

今天看《参考消息》，读了一篇《英国大学生缘何喜爱古典哲学》，喜其文简意深，不妨抄上几段，公诸同好。文章说："尽管现代哲学有着迷人的外表，但是那些深一步研究它的人却往往感到失望。"现在英国大学生报名参加古典哲学的人远远超过现代哲学，原因就在这里。文章接着说："古代哲学远比现代哲学更符合多数人对哲学的概念。古代哲学家很单纯地认为，哲学就应当在某种方式上帮助人们生活得更好——这个美丽的理想在现代哲学中几乎根本找不到。"作者引用了公元前341年出生的伊壁鸠鲁的话说："如果不关怀人类的痛苦，无论哪一位哲学家的论点都毫无价值。因为就像医学不能祛除身体的疾病就没有益处一样，哲学不祛除精神上的痛苦也毫无益处。"在这里，文章的作者指出，这些话恰好反映出准备在大学里学习哲学的学生们的愿望。但可惜的是，多数授课者却没有这种愿望。

文章作者指出的这种现象，是非常有意义的，是非常具有启发性的。我不知道，这种现象在英国，在其他欧美国家，涵盖面有多大。我也不知道，在中国是否也有同样的现象。这里表现出来的新老哲学家或哲学爱好者对哲学本身要求的矛盾，是颇为值得研究的。我个人的想法是，伊壁鸠鲁属于西方哲学家发展的早期，哲学家都比较淳朴，讲出来的道理也比较明白易懂。随着时间的推移，世界变化越来越复杂，人们，特别是哲学家们的分析概念的能力也越来越细致，分析越来越艰深，玄之又玄，众妙无门，最后达到了让平常人望而却步的程度。但因此也就越来越脱离平常人的要求，哲学家们躲入象牙塔中，孤芳自赏。但是物极必反，世界通例。英国年轻学子对哲学的要求，正反映了这个规律。

我自己对哲学的要求或者期望，有点像英国的大学生。但我绝不敢高攀。我的哲学水平大概只有小学水平，因此才对最早期的西方哲学感兴趣。然而，我并不愧疚，我还是要求哲学要有用处。

1997 年 10 月 29 日

论恐惧

法国大散文家和思想家蒙田写过一篇散文《论恐惧》。他一开始就说："我并不像有人认为的那样是研究人类本性的学者，对于人为什么恐惧所知甚微。"我当然更不是一个研究人类本性的学者，虽然在高中时候读过心理学这样一门课，但其中是否讲到过恐惧，早已忘到爪哇国去了。

可我为什么现在又写《论恐惧》这样一篇文章呢？

理由并不太多，也谈不上堂皇。只不过是因为我常常思考这个问题，而今又受到了蒙田的启发而已。好像是蒙田给我出了这样一个题目。

根据我读书思考的结果，也根据我自己的经验，恐惧这一种心理活动和行动是异常复杂的，绝不是三言两语所能说得清楚的。人们可以从很多角度上来探讨恐惧问题，我现在谈一下我自己从一个特定角度上来研究恐惧现象的想法，当然也只能极其概括，极其笼统地谈。

我认为，应当恐惧而恐惧者是正常的，应当恐惧而不恐惧者是英雄，我们平常所说的从容镇定、处变不惊，就是指的这个。不应当恐惧而恐惧者是屡头，不应当恐惧而不恐惧者也是正常的。

两个正常的现象用不着讲，我现在专讲二三个不正常的现象。要举事例，那就不胜枚举。我索性专门从《晋书》里面举出两个事例，两个都与苻坚有关。

《谢安传》中有一段话：

> 玄等既破坚，有驿书至，安方对客围棋，看书既，竟便摄放床上，了无喜色，棋如故。客问之，徐答曰："小儿辈遂已破贼。"

苻坚大兵压境，作为大臣的谢安理当恐惧不安，然而却竟这样从容镇定，至今传颂不已。所以我称之为英雄。

《晋书·苻坚传》有下面这几段话：

> 谢石等以既败梁成，水陆继进。坚与苻融登城而望王师，见部阵齐整，将士精锐，又北望山上草木皆类人形，顾谓融曰："此亦劲敌也，何谓少乎！"怃然有惧色。

下面又说：

> 坚大惭，顾谓其夫人张氏曰："朕若用朝臣之言，岂见今日之事耶！当何面目复临天下乎！"潸然流涕而

去，闻风声鹤唳，皆谓晋师之至。

这活生生地画出了一个孬头。敌兵压境，应当振作起来，鼓励士兵，同仇敌忾，可是苻坚自己却先泄了气。这样的人不称为"孬头"，又称之为什么呢？结果留下了两句著名的话：风声鹤唳，草木皆兵。至今还流传在人民的口中，也可以说是流什么千古了。

如果想从《论恐惧》这一篇短文里吸取什么教训的话，那就是明明白白地摆在眼前的。我们都要锻炼自己，对什么事情都不要惊慌失措，而要处变不惊。

2001 年 3 月 13 日

唐常建的一首诗

前一个阶段，每当我在输液众瓶威慑之下吓得连呼吸都有点战战兢兢的时候，我的脑袋一躺在枕头上，唐代诗人常建的一首诗（《题破山寺后禅院》）便浮现到我的眼前：

清晨入古寺，初日照高林。

曲径通幽处，禅房花木深。

山光悦鸟性，潭影空人心。

万籁此俱寂，但余钟磬音。

异哉！怪哉！胡为乎来哉！我同这一首诗相别恐怕已有几十年的时间了。哪里会想到，它竟光临了三〇一医院，在这里恭候我哩。

细想起来，其中也似乎有道理。诗中的"曲径通幽"四个字，常在文人学士的笔下出现。这代表了一种生活情趣，一种审美情趣，为西方文人所无法理解的。

2003 年 6 月 24 日

漫谈"再少"问题

宋代大文学家苏东坡有一首词《浣溪沙》，东坡自述写作来由：游蕲水清泉寺，寺临兰溪，溪水西流。

山下兰芽短浸溪。松间沙路净无泥。萧萧暮雨子规啼。　　谁道人生无再少？门前流水尚能西。休将白发唱黄鸡。

我生平涉猎颇广；但是，"再少"这个词儿或者概念，在东坡以前的文献中，却从来没有见到过。这个词儿或这个概念，东坡应该说是首创者。

"再少"的现象，不能在年龄上，也就是时间上来体现。因为年龄和时间，一旦逝去，就永远逝去。要它回转一秒半秒，也是绝不可能的。

"再少"的现象或者希望，只能体现在心理状态方面。我们平常的说法是自六十岁起算是老年。一个人的血肉之躯，母亲生下来以后，经过了六十年的风吹雨打，难免受些伤害；行动迟缓了，思维不敏锐了，耳朵和眼睛都不太灵便了，走路也有困难了，如此等等，不一而足。首先，我们必须承认这些客观现象，努力适应这些客观现象。不承认不努力适应是不行的。

但是，承认和适应并不等于屈服。这里就能用上我们常说的主观能动性。主观能动性这种现象，有时候看起来，作用不大。其实，如果运用得当，则能发挥出极大的力量。中国古人说："精诚所至，金石为开。"指的就是这种现象。

对于苏东坡所说的"再少"应该这样来理解。

总之，我是相信"再少"的。愿与全国老年人共勉之。

2006 年 1 月 21 日

最后一篇散文①

一年将尽夜，万里未归人。

我已经忘记了，是在什么书中读到了这么两句诗的。作者当然更忘记了。这两句话看起来很平常，很简单。但是身临其境者，感受却完全不同。我流浪德国达十几年之久，每一年都有一个"一年将尽夜"。在那十年之内，我当然是一个"万里未归人"。每到一年将近夜的时候，想到自己的处境，总要哭上一场的。

中国古代诗人有一句有名的诗：每逢佳节倍思亲。

……

2009 年 1 月 23 日三〇一医院病房

---

① 此篇系季承先生在整理父亲遗物时发现的一篇未完成的散文，时间标为 2009 年 1 月 23 日，离春节只有三天，这是季羡林先生手写的最后一篇散文。——编者注

第三编　研究学问的三个境界

谈翻译

题目虽然是《谈翻译》，但我并不想在这里谈翻译原理，说什么信达雅。只是自己十几年来看了无数的翻译，有从古代文字译出来的，有从近代文字译出来的，种类很复杂，看了就不免有许多杂感。但因为自己对翻译没有多大兴趣，并不想创造一个理论，无论"软译"或"硬译"，也不想写什么翻译学入门，所以这些杂感终于只是杂感堆在脑子里。现在偶有所感，想把它们写出来。因为没有适当的标题，就叫作"谈翻译"。

题目虽然有了，但杂感仍然只是杂感。我不想而且也不能把这些杂感归纳到一个系统里面去。以下就分两方面来谈。

一、论重译

世界上的语言非常多，无论谁也不能尽通全世界的语言。连专门研究比较语言学的学者顶多也不过懂几十种语言。一般人大概只能懂一种，文盲当然又除外。在这种情况下，我们就非要翻译不行。

但我们不要忘记，翻译只是无可奈何中的一个补救办法。《晏子春秋·内篇》说："橘生淮南则为橘，生于淮北则为枳，叶徒相似，其实味不同。所以然者何？水土异也。"橘移到淮北，叶还能相似。一篇文章，尤其是文学作品，倘若译成另外一种文字，连叶也不能相似，当然更谈不到味了。

譬如说，我们都读过《红楼梦》。我想没有一个人不惊叹里面描绘的细腻和韵味的深远的。倘若我们现在再来读英文译本，无论英文程度多么好，没有人会不摇头的。因为这里面只是把故事用另外一种文字重述了一遍，至于原文字里行间的意味却一点影都没有了。这就是所谓"其实味不同"。

但在中国却竟有许多人把移到淮北化成枳的果子又变味的橘树再移远一次。可惜晏子没有告诉我们，这棵树又化成什么。其实我们稍用点幻想力就可以想象到它会变成多么离奇古怪的东西。倘我们再读过中国重译的书而又把原文拿来校对过的话，那么很好的例子就在眼前，连幻想也用不着了。

十几年前，当我还在中学里的时候，当时最流行的是许多从俄文译出来的文艺理论的书籍，像蒲力汉诺夫的《艺术论》，卢那卡尔斯基的什么什么之类。这些书出现不久，就有人称之曰"天书"，因为普通凡人们看了就如丈二和尚摸不着头脑。我自己当时也对这些书籍感到莫大的狂热。有很长的时间，几乎天天都在拼命念这些书。意义似乎明白，又似乎不明白。念一句就像念西藏喇嘛的番咒。用铅笔记出哪是主词，哪是动词，哪是副词，开头似乎还有径可循，但愈来愈糊涂，一个长到两三行充满了"底""地""的"的句子念到一半的时候，已经如坠入五里雾中，再也难挣扎出来了。因而就很失眠过几次。译者虽然再三声明，希望读者硬着头皮看下去，据说里面还有好东西，但我宁愿空看一次宝山，再没有勇气进去了。而且我还怀疑译者自己也不明白，除非他是一个超人。这些天书为什么这样难明白呢？原因很简单，这些书，无论译者写明白不写明白，反正都是从日文译出来的，而日本译者对俄文原文也似乎没有看懂。

写到这里，也许有人抗议，认为我是无的放矢；因为这样的书究竟不多，在书店我们只找到很少几本书是写明"重译"的。其余大多数的译本，无论从希腊文拉丁文和其他中国很少有人会的文字译出来的，都只写原著者和译者的名字。为什么我竟会说中国有许多人在转译呢？这原因很复杂。我以前认识一个人，我确切知道他一个俄文字母也不能念，但他从俄文译出来的文艺作品却是汗牛又充栋。诸位只要去问一问这位专家，就保险可以探得其中的奥秘了。

像这样的人又是滔滔者天下皆是。我现在只再举一个例。一位上海的大学者，以译俄国社会科学的书籍出了大名，他对无论谁都说他是从俄文原文直接译出来的。但认识他的人却说，他把俄文原本摆在书桌上，抽屉里面却放了日译本。这样他工作的时候当然是低头的时候多而抬头的时候少，也许根本就不抬头。倘若有人访他，却只看到桌上摆的俄文原本而震惊于这位大学者的语言天才了。

我们现在并不想拆穿这些大学者们的真相，这种人也有权利生活的。我们只是反对一切的重译本，无论写明的也好，不写明的也好。把原文摆在桌子上把日译本放在抽屉里，我们也仍然是反对。科学和哲学的著作不得已时当然可以重译，但文艺作品则万万不能。也许有人要说，我们在中国普通只能学到英文或日文，从英文或日文转译，也未始不是一个办法。是的，这是一个办法，我承认。但这只是一个懒人的办法。倘若对一个外国的诗人戏剧家或小说家真有兴趣的话，就应该有勇气去学他那一国的语言。倘若连这一点勇气都没有，就应该自己知趣走开，到应该去的地方去。不要在这里越俎代庖，鱼目混珠。我们只要有勇气的人！

二、著者和译者

著者和译者究竟谁用的力量多呢？不用思索就可以回答，当然是著者。所以在欧洲有许多译本封面上只写著者的姓名，译者的姓名只用很小的字印在反面，费许多力量才能发现。在杂志上题目的下面往往也只看到著者的姓名，译者的姓名写在文章的后面，读者念完文章才能看到。他们的意思也不过表示译者和著者不敢抗衡而已。

在中国却又不然。我看到过很多的书，封面上只印着译者的姓名，两个或三个大金字倨傲地站在那里，这几个字的光辉也许太大了，著者的姓名只好逃到书里面一个角落里去躲避。在杂志的封面上或里面的目录有时我们只能找到译者的姓名，甚至在本文的上面也只印着译者的姓名，著者就只能在本文后面一个括弧里找到一块安身立命的地方。从心理上来看，这是一个很有趣的现象。译者就害怕读者只注意著者的姓名，但又没有勇气把著者一笔抹煞，好在文章既然到了他手里，原著者已经没有权利说话，只好任他处置，他也就毫不客气把著者拼命往阴影里挤了。我不是心理学家，但我能猜想到，变态心理学家一定在他们的书里替这些人保留一块很大的地盘的。

我还看到几个比较客气一点的译者，他们居然肯让著者的姓名同他们自己的列在一块儿。但也总觉得心有所不甘，于是就把自己的姓名用大号字排印，著者的姓名用小号字，让读者一看就有大小偏正之感，方法也颇显明。我立刻想到德国大选时希特勒的作风。现在被谥为"希魔"的德国独裁者当时正兴高采烈，在各个城市里大街小巷的墙壁上都贴满了放大了的选举票的式样。上面写了他自己和戈林、戈培尔、赫斯、福利克的名字，下面印了两个圈，一个很大，一个很小，像是太阳和地球。年纪大一点的或眼睛近视的无论如何也不会看到那小圈。这当然有它的作用，因为赞成希特勒的人要在大圈里画一个记号，小圈却是为反对他的人预备的。结果希特勒果然成了功，百分之九十八的德国人都选举了他。我总怀疑有些人根本没看到那小圈，既然每个人都必须画一个记号，他们只好拿起笔来向大圈里一抹了。我们中国这些客气的译者的心理同希特勒大概差不多，这真可以说是东西映辉，各有千秋。至于他们究竟像不像希特勒那样成功呢？这我可就有点说不上来了。

我前面说过，有的译者没有勇气把著者一笔抹煞。但这里正像别处也并不缺少有勇气的人。有一位姓丁双名福保的大学者"著"了一部几十册厚的佛学字典。我们一看就知道这里面有问题，因为这种工作需要多年的搜集和研究。我们从来没听说中国有这样一位专家，现在却凭空掉出了这样一部大著，不由人不怀疑。书的序里提到日本织田得能的《佛教大辞典》，我们拿来一对，才知道原来就是这部书的翻译。但丁先生却绝对否认是"译"，只承认是"著"，因为他添了些新东西进去。我又有点糊涂起来。译一部几百万字的大著只要增加十个字八个字的新材料就可以把这部书据为己有，恐怕世界上每个人都要来译书了。但丁先生的大"著"并非毫无可取，里面插入许多丁先生的玉照，例如研究生时代之丁福保，研究医学时代之丁福保，也颇琳琅满目。丁先生的尊容也还过得去，虽然比皖华博士还差一筹。但我终于恍然大悟。以前有的人想把自己的玉照登在报纸上，但苦于没有机会，只好给兜安氏大药房写信，当然附上玉照，信里说吃了某某药，自己的某某病已经好了，特此致谢。于是隔了不久，自己的尊容就可以同名人一样出现在报纸上，虽然地方不大对，也顾不了那样许多了。现在丁先生又发明了一个方法，使以后想出名的人再也不必冒充自己有梅毒或瘾君子写信给大药房了。真是功德莫大。我们能不佩服丁先生的发明能力吗？

另外还有一位更有勇气的人，当然也是一位学者。他译了几篇日本人著的关于鲜卑和匈奴的论文，写上自己的名字发表了。后来有人查出原文来去信质问，他才声明因时间仓促把作者的名字忘掉了。这当然理由充足，因为倘若在别人和自己的名字中间非忘掉一个不行的话，当然会忘掉别人的，谁不爱自己的名字呢？

我上面只是随便举出两个例子。像这样的有勇气的人，在我们中真是俯拾即是，比雨后的春笋还要多。只是在我们国内要这一套，关系还不太大，因为好多人都是彼此彼此，心照不宣，但偶尔让外国学者知道了，就不免替我们丢人。我上面说的丁福保的字典，一位现在剑桥大学任教授的德国汉学家就同日文原文对照过，他把结果告诉了我，弄得我面红耳赤半天说不上话来。在外国这是法律问题。倘若一个人在自己的博士论文里偷了人家的东西而不声明，以后发现了，立刻取消博士头衔。我希望中国的法律也会来制裁这一群英雄！

1946 年

一个故事的演变

　　这里选出的这个故事是大家都知道的。我自己还在小学里的时候，就在教科书里念到过。内容大概是这样的：一个乞丐要满了一罐子残羹剩饭，他就对着这罐子幻想起来，怎样卖掉这些残羹剩饭，怎样买成鸡，鸡又怎样下蛋，鸡蛋又怎样孵成鸡，鸡又换成马牛羊，终于成了大富翁，娶了太太，生了小孩子。越想越高兴，不禁手舞足蹈。在狂欢之余，猛然一抬脚，把罐子踢了个粉碎，这美丽的梦也就完结。

　　以后的教科书里是不是还有这故事，我不大清楚；但二十多年前还在小学里的人读到的一定不少。我当时读了，只是觉得好玩，并不知道这个故事的来源，而且连想知道的意思压根儿都没有。倘若这也算是一个遗憾的话，我现在就来把这遗憾填补起来。

　　在过去，这个故事在中国一定很流行，不然也绝对不会跑到小学教科书里去。至于在什么时候，在什么地方最流行，现在很难确定。我现在只从几部旧的诗话和小说里抄出点材料来。吴兴韦居安著的《梅磵诗话》里有这样一段：

　　东坡诗注云：有一贫士，家惟一瓮，夜则守之以寝。一夕，心自惟念：苟得富贵，当以钱若干营田宅，蓄声妓，而高车大盖，无不备置。往来于怀，不觉欢适起舞，遂踏破瓮。故今俗间指妄想者为瓮算。又诗序云：刘几仲饯饮东坡。中觞，闻笙箫声，若在云霄间，抑扬往返，粗中音节。徐察之，出于双瓶。水火相得，自然吟啸。食顷乃已。作瓶笙诗记之。刘后村《即事诗》一联云：辛苦谋身无瓮算，殷勤娱耳有瓶笙。以"瓮算"对"瓶笙"甚的。

江盈科著的《雪涛小说》有一段：

　　见卵求夜，庄周以为早计。及观恒人之情，更有早计于庄周者。一市人贫甚，朝不谋夕。偶一日拾得一鸡卵，喜而告其妻曰："我有家当矣！"妻问："安在？"持卵示之曰："此是，然须十年，家当乃就。"因与妻计曰："我持此卵，借邻人伏鸡孵之。待彼雏成，就中取一雌者。归而生卵，一月可得十五鸡。两年之内，鸡又生鸡，可得鸡三百，堪易十金。以十金易五牸，牸复生牸，三年可得二十五牛。牸所生者又复生牸，三年可得百五十牛，堪易三百金矣。吾持此金举债，三年间半千金可得也。就中以三之二市田宅，以三之一市僮仆买小妻。我与尔优游以终余年，不亦快乎！"妻闻欲买小妻，怫然大怒，以手击卵碎之，曰："毋留祸种！"夫怒，挞其妻，仍质于官曰："立败我家者，此恶妇也。请诛之！"官司问："家何在？败何状？"其人历数自鸡卵起至小妻止，官司曰："如许大家当，坏于恶妇一拳，真可诛！"命烹之。妻号曰："夫所言皆未然事，奈何见烹？"官司曰："你夫言买妾，亦未然事，奈何见妒？"妇曰："固然，第除祸欲早耳。"官笑而释之。噫，兹人之计利，贪心也。其妻之毁卵，妒心也。总之皆妄心也。知其为妄，泊然无嗜，颓然无起，则见在者且属诸幻，况未来乎？嘻，世之妄意早计希图非望者，独一算鸡卵之人乎！（录自郑振铎《中国文学论集》,《寓言的复兴》)

我们看了这两个故事，或者不能立刻发现两者间的共同点。但倘若我们把篇首谈到的跑到小学校教科书里去的那个故事也拿来比一下，便立刻可以发现这三个是属于同一类型的故事。我们还可以发现《苏东坡诗注》的那个故事只是一个轮廓。为什么那个贫士会对瓮发生幻想呢？瓮有什么可以引起人幻想的地方呢？大概瓮里也盛着米面或类似的东西，倘若拿来卖掉，就可以换到鸡蛋。鸡蛋变成鸡，鸡又可以换到马牛羊，终于成了大富翁。心里一高兴就把瓮踢破了。这些是《苏东坡诗注》故意省掉的呢，还是根本不知道呢？我们不敢说。反正倘若没有中间这许多东西，这个故事很难讲得通。

第二个故事很详细，中间这些步骤一点都没有省掉。但开头照例有的瓮或罐子却不见了。这个市人的幻想就从鸡蛋开始，一直到最后被打破的也就是这鸡蛋。在这里打破鸡蛋的不是他自己，而是他的太太。这个故事虽然同这一类故事的原型很接近，但从省略瓮或罐子这一点看起来，也总算是代表一个新的发展。

我现在要问：这个故事是中国产生的吗？也许有人认为这一问太有点离奇。这个故事流行中国，时间最少也不会少于一千年，终于走进小学教科书里去，读到的人不知有多少千万。为什么会不是中国产生的呢？不但一般人没有怀疑到它的来源，连文人学士也根本没有想到它会不是国货。但事情往往出人意料，这个故事，正如别的国字牌号的东西如国医国乐之流，其中也有外来的东西。我现在从两本梵文的寓言集里把这故事的祖宗译出来。

在提毗俱吒那伽罗城里有一个婆罗门名叫提婆舍磨。在春分的时候他的土盘子里乞满了大麦片。于是他拿了这盘子在一个摆满了盘子和罐子的陶器师的小铺里的一个地方，躺在铺上在夜里幻想起来："倘若我卖掉这盛了大麦片的盘子就可以得到十个贝壳，用这钱我可以买盘子和罐子什么的，再拿来卖掉。这样一次一次赚的钱就可以用来买槟榔叶子做成的衣服，终于弄到百万家财，然后我就娶四个太太。在她们里面哪一个最美，我也就最爱哪一个。我这些嫉妒成性的太太立刻就打起架来。我非常生气，就用短棍打起这些太太来。"这样一想，他立刻站起来，把短棍掷出去。盘子被打碎了，许

157

多别的瓶子罐子也被打破了。听了罐子破碎的声音而跑进来的陶器师把这婆罗门骂了一顿，又将他赶出铺子去。所以我说：

谁要是空想未来而感到狂喜，

他就要自招侮辱，像这样打碎盘子的婆罗门。

（见《嘉言集》，《和平篇》第七个故事）

还有一个故事，内容比上面这个详细，译文如下：

在某一个地方，有一个婆罗门，名叫婆跋波俱利钵那。他用行乞得来的吃剩下的大麦片填满了一罐子，把罐子挂在木栓上，在那下面放了一张床，目不转瞬地看着罐子，在夜里幻想起来："这个罐子现在是填满了大麦片。倘若遇上俭年，就可以卖到一百块钱，可以买两头山羊。山羊每六个月生产一次，就可以变成一群山羊。山羊又换成牛。我把牛犊子卖掉，牛就换成水牛。水牛再换成母马，马又生产，我就可以有很多的马。把这些马卖掉，就可以得到很多的金子。我要用这些金子买一所有四个大厅的房子。有一个人走进我的房子里来，就把他最美最好的女儿嫁给我。她生一个小孩子，我给他起了一个名字，叫作苏摩舍摩。因为他总喜欢要我抱在膝上左右摆动着玩，我就拿了书躲到马棚后面的一个地方去念起来。但是苏摩舍摩立刻看见了我。因为他最喜欢坐在人的膝上让人左右摆动着玩，就从母亲怀里挣扎出来，走到马群旁边来找我。我在大怒之余，喊我的老婆：'来照顾孩子吧！来照顾孩子吧！'但是，她因为忙于家务，没有听到，我于是立刻站起来，用脚踢她。"这样，他就从幻想里走出来，真的用脚踢起来。罐子一下子破了，盛在里面的大麦片也成了一场空。所以我说道：

谁要是空想将来，想一些不可知的事情，

他就像苏摩舍摩的父亲，临了落个一场空。

（见《五卷书》第七个故事）

我上面只译了两个故事，其实梵文书里记这样的故事的地方还很多。无论怎样，我们总可以看出来，印度就是这个故事的老家，正像别的类似的故事的老家也多半在印度一样。至于它什么时候在印度产生的，恐怕永远不能确定了。反正一定很早，也许在纪元前几千年就已经有了。在印度本国这故事已经有了无数的演化。后来它又从印度出发几乎走遍了世界，譬如在《天方夜谭》里，在法国拉封丹（La Fontaine）的寓言里，在德国格林的童话里都可以找到，它一直深入民间，不仅只在文人学士的著作里留下痕迹。到了中国，它变成我们民间传说的一部分，文人学士也有记叙，上面从《梅磵诗话》和《雪涛小说》里抄出来的两段就是好例子。倘若不知道底蕴，有谁会怀疑它的来源呢？

1946 年 12 月 25 日

从比较文学的观点上看寓言和童话

　　喜欢听故事和喜欢说故事几乎可以说是人类的天性。我想，我们每个人都有甜蜜的回忆，回忆到童年时候，祖母、母亲，或年老的佣妇，在饭后黄昏的时候，向我们娓娓地说一个动听的故事。故事里面的主角可能是一个乌鸦，也可能是一个狐狸。这都没有关系，反正我们的眼睛总会被故事吸引得发出惊奇的光，梦都已经飞到我们头上，却硬撑着不到屋里去睡。

　　一个人固然是这样，一个民族又何尝不然呢？当一个民族年轻的时候，她同样也对故事有特别的爱好，对古希腊民族的天才，我们都赞美不置。古希腊人不但在哲学、科学、艺术、文学方面有极伟大的贡献，在说故事方面，他们也显露了他们的本领。普通一座荒山，他们会使它充满了生气，他们从幻想里请出一群神仙住在上面，替他们安排好家庭，娶太太，生孩子，间或还闹点桃色事件。一朵美丽的花，他们也给它生命，使它成为女神的后身。我每次读希腊的寓言和神话，都会幻想到古希腊时代的情景。金发的牧童驱了羊群在开着水仙花的清泉旁边徘徊。清泉的波影里晃动着女神的美丽如花的面孔。那时候的世界里只有美丽和谐，到处是金色的喜悦的光。

我们中国的古代，虽然不能像希腊那样引起人们的金色的幻想，但也表现了值得骄傲的想象力。我们的祖先也创造了许多美丽的故事。在古代的文学作品，像《诗经》《山海经》《楚辞》等里面，我们可以找到很多。

我们在这里只举出希腊同中国来做例子，其他民族也莫不皆然。我们走遍了世界，处处都可以证明我在开头说的那一句话：喜欢听故事和喜欢说故事是人类的天性。人类既然有这样一个天性，所以世界上就产生了无量数的故事和神话。其中有许多神话和故事是只限于一个民族的，这些我们当然要看作是一个民族的产品。但也有许多故事，尤其是我们题目里面提到的两种：寓言和童话，在世界上不同的地方，不同的民族里都能找到。我现在举几个例子：第一个是曹冲称象的故事，这我们在小学教科书里都念到过。据我所知道的，中国最早的记载是在《三国志》里，我现在把原文引在下面：

邓哀王冲，字仓舒。少聪察歧嶷。生五六岁，智意所及，有若成人之智。时孙权曾致巨象，太祖欲知其斤重，访之群下，咸莫能出其理。冲曰："置象大船之上，而刻其水痕所至，称物以载之，则校可知矣。"太祖大悦，即施行焉。(《魏志》，二十)

但是在印度，我们也发现了同样的故事：

> 天神又复问言："此大白象，有几斤两？"群臣共
> 议，无能知者。亦募国内，复不能知。大臣问父。父
> 言："置象船上，着大池中，画水齐船，深浅几许。即以
> 此船，量石着中，水没齐画，则知斤两。"即以此智以
> 答。（《杂宝藏经·弃老国缘》，《大正大藏经》，4，449b）

第二个例子我想举古希腊的《伊索寓言》里的狼与鹤的故事，
我现在把译文写在下面：

> 一个狼的嗓子里卡上了一块骨头。他于是用一个很
> 大数目的钱雇了一只鹤，让她把头伸到他嘴里去，把骨
> 头衔出来。当这鹤把骨头衔出来，要求付钱的时候，狼
> 却露出他的利齿，说："怎么，你能从一个狼的嘴里平安
> 地把头抽出来，你得到的报酬已经很大了。"
> 当你替坏人做事情的时候，不要想得到什么报酬，
> 只要能不受损害，就应该感谢了。

同样的故事在印度也有。我现在把巴利文《本生经》第三百零八
个故事，叫作《慧鸟本生》的译文写在下面：

> 古时候，当跋罗哈摩达多王在波罗疤斯国内治世的
> 时候，菩萨生在雪山边国，为啄木鸟。有一个狮子吃

肉，把骨头卡在嗓子里。嗓子肿起来，不能再吃东西，而且痛得难忍。这个鸟出来寻食的时候，落在一条枝上，看到他，便问道："朋友，你有什么痛苦吗？"他说了这件事，鸟说："朋友，我可以把这骨头衔出来；但我不敢把我的头伸到你的嘴里去，怕你会吃掉我。""朋友，不要害怕，我不会吃掉你，救我的命吧！"鸟说："好吧！"让他躺下，但心里却想："谁知道他会做出什么事来呢？"为了防他闭嘴起见，用一根小棍支住他的上下颚，然后才进去，用嘴咬住骨头的尖。骨头掉出来，不见了。把骨头弄出来以后，把头从他嘴里缩回来，用嘴把小棍挑掉，立刻飞到树枝上去。

狮子病好了。有一天捉了一只水牛吃。鸟想："我现在要试试他。"于是坐在一个高枝上，同他谈起话来，说了第一首伽陀：

我们曾用全力替你做过一件事，

兽中之王，我们向你敬礼，给我们什么报酬都行。

狮子听了，说第二首伽陀：

从我这样一个永远喝血的残暴的东西的牙缝里，你能活着逃出去，这已经很够了。

鸟听了，说了两首伽陀：

一个忘恩负义的人，

不会报恩的——替他做了的事全白做。

做了好事，也得不到友谊。

不应怨恨和咒骂。

同样的例子我最少还可以举出几百来，现在我们限于篇幅，只能举这两个了。中国同印度，希腊同印度，都隔得非常远，为什么同样的故事会在两地都产生呢？这我觉得只有两个可能：第一是，两地各自产生，不一定就是抄袭；第二是，同一个来源。

　　我们先说第一个可能。干脆说一句，我觉得这根本不可能，因为创造一个真正动人的故事，同在自然科学上发现一条定律一样的困难。两个隔着几万里的民族哪能竟会创造出同样一个故事来呢？

　　第一个可能既然不可能，那只剩下第二个可能了，就是，不论中间隔着多大的距离，只要两个国家都有同样的一个故事，我们就要承认这两个故事是一个来源。譬如我们在现在的非洲黑人部落里听到一个美的寓言或童话，而这个美的寓言或童话也可以在两千多年以前的希腊古书里找到，那我们也只能相信，这个寓言或童话只有一个来源，或在现代非洲，或在古代希腊。一个民族创造出那样一个美的寓言或童话以后，这个寓言或童话绝不会只留在一个地方。它一定随了来往的人，尤其是当时的行商，到处传播，从一个人的嘴里到另外一个人的嘴里，从一村到一村，从一国到一国，终于传遍各处。因了传述者爱好不同，他可能增加一点，也可以减少一点；又因了各地民族的风俗不同，这个寓言或童话，传播既远，就不免有多少改变。但故事的主体却无论如何不会变更的。所以，尽管时间隔得久远，空间距离很大，倘若一个故事真是一个来源，我们一眼就可以发现的。

　　那么，我们现在要问，世界上的寓言和童话的来源是只限于一个民族呢，还是每个民族都能产生美的故事而向外输送呢？关于这问题，德国19世纪大梵文学家本发伊有一个很有趣的学说。他说："世界上一切童话和故事的老家是印度，一切寓言的老家是希腊。"他这学说，虽然当时也有人赞成；但我们现在再看，就觉得不十分对了。我们不能确定说，哪一个民族是世界上一切寓言和童话的来源；因为每个民族都喜欢说故事和听故事，这是人类的天性。不过，我们仍然可以说，哪一个民族的天才和环境最适宜产生故事。说到这里，我们就想到印度。印度可以说是有产生故事的最好条件。他们信仰灵魂轮回，今生是人，下一生说不定就成了畜类。他们创造寓言和童话，一点也不必费力，人与兽没有多大区别，兽一样可以说人话，做人的事情。同时，印度人虽然没有时间观念，但却有丰富的幻想，他们的幻想可以上天下地地飞，没有什么东西可以限制住他们。在这样条件之下，他们创造了无数的美丽动人的寓言和童话。我们虽然不能说世界上所有的寓言和童话都产生在印度，倘若说它们大部分的老家是在印度，是一点也不勉强的。

现在我们再回头看我上面举的两个故事。曹冲称象的故事毫无可疑的是来自印度，我们只要想一想，象这东西产生的地方，就可以明白了。关于第二个鹤与狼的故事，或者还可以有点疑问。但倘若我们比较一下印度与希腊这两个民族天才之所在，我觉得我们毋宁认为印度是这个故事的老家，虽然我们目前还没有坚确的证据。

1947年10月3日北京大学

附记：

今年夏天，济南青年会举办学术讲演，我曾用同样的题目讲过一次。当时并没有什么稿子，只是一边想一边说而已。回到北平来，觉得这样一个题目也还有趣，于是把以前片段的思想整理了一下，写成这篇东西。内容同以前讲的多少有点改变。以前举的例子我这里都没有用，这里的两个例子都是新的。至于为什么这样改，也不一定有什么理由，只是觉得这样比较好而已。当时我在讲的时候天气正热，汗流不止。现在写成了，抬头看窗外，满眼秋色，柳树梢已经微有黄意了。我怅望着淡远的秋空，心里若有所感。

10 月 6 日美林记

柳宗元《黔之驴》取材来源考

柳宗元"三戒"之一的短寓言《黔之驴》我想我们都念过的。我现在把原文写在下面：

> 黔无驴。有好事者，船载以入。至则无可用，放之山下。虎见之，庞然大物也，以为神，蔽林间窥之。稍出近之，慭慭然莫相知。他日，驴一鸣，虎大骇，远遁。以为且噬己也，甚恐。然往来视之，觉无异能者。益习其声，又近出前后，终不敢搏。稍近益狎，荡倚冲冒。驴不胜怒，蹄之。虎因喜，计之曰："技止此耳。"因跳踉大㘎，断其喉，尽其肉，乃去。噫！形之庞也，类有德；声之宏也，类有能。向不出其技，虎虽猛，疑畏卒不敢取。今若是焉，悲夫！

我们分析这篇寓言，可以看出几个特点：第一，驴同虎是这里面的主角；第二，驴曾鸣过，虎因而吓得逃跑；第三，驴终于显了它的真本领，为虎所食；第四，这篇寓言的教训意味很深，总题目叫"三戒"，在故事的结尾还写了一段告诫。

我们现在要问：柳宗元写这篇寓言，是自己创造的呢？还是有所本呢？我的回答是第二个可能。

在中国书里，我到现在还没有找到类似的故事。在民间流行的这样的故事是从外国传进来的。我们离开中国，到世界文学里一看，就可以发现许多类似的故事。时代不同，地方不同；但故事却几乎完全一样，简直可以自成一个类型。我们现在选出几个重要的来讨论。第一个我想讨论的是出自印度寓言集《五卷书》，原文是梵文，我现在把译文写在下面：

在某一座城市里，有一个洗衣匠，名字叫作叔陀钵吒。他有一头驴，因为缺少食物，瘦弱得不成样子。当洗衣匠在树林子里游荡的时候，他看到了一只死老虎。他想道："哎呀！这太好了！我要把老虎皮蒙在驴身上，夜里的时候，把它放到大麦田里去。看地的人会把它当作一只老虎，而不敢把它赶走。"他这样做了，驴就尽兴地吃起大麦来。到了早晨，洗衣匠再把它牵到家里去。就这样，随了时间的前进，它也就胖起来了，费很大的劲，才能把它牵到圈里去。

有一天，驴听到远处母驴的叫声。一听这声音，它自己就叫起来了。那一些看地的人才知道，它原来是一条伪装起来的驴，就用棍子、石头、弓把它打死了。（第

168

四卷，第七个故事）

看了这个故事，我们立刻可以发现，它同《黔之驴》非常相似：第一，这里的主角也是驴。虎虽然没出台，但皮却留在驴身上；第二，在这里，驴也鸣过，而且就正是这鸣声泄露它的真相，终于被打死；第三，这当然也是一篇教训，因为梵文《五卷书》全书的目的就是来教给人"统治术"（Nīti）或"获利术"（Artha-śāstra）的。

在另一本梵文的《嘉言集》里，也有一个同样的故事。下面是译文：

在诃悉底那补罗城里，有一个洗衣人，名叫羯布罗毗腊萨。他有一头驴，因为驮重过多，已经没有力量，眼看就要死了。于是洗衣人就给它蒙上了一张虎皮，把它放到在一片树林子旁边的庄稼地里去。地主从远处看到它，以为真是一只虎，都赶快逃跑了。它就安然吃起庄稼来。有一天，一个看庄稼的人穿了灰色的衣服，拿了弓和箭，弯着腰，隐藏在一旁。这个发了胖的驴从远处看到他，想："这大概是一条母驴吧？"于是就叫起来，冲着他跑过去。这看庄稼的人立刻发现，它只是一条驴，跑上来，把它杀掉了。所以我说：

这条笨驴很久地沉默地徘徊着，它穿了豹皮，它的鸣声终于杀了自己。（第三卷，第三个故事）

这个故事同《五卷书》里的故事几乎完全一样，用不着我们再来详细分析讨论。另外在印度故事集《故事海》里面还有一个故事，也属于这一系。我因为手边没有梵文原本，只好从英文里译出来，写在下面：

> 某一个洗衣人有一条瘦驴。因为想把它养肥，于是给它披上了一张豹皮，把它放到邻人的地里去吃庄稼。当它正在吃着的时候，人们以为它真是一只豹子，不敢赶跑它。有一天，一个手里拿着弓的农人看到它。他想，这是一只豹子；因为恐惧，他于是弯下腰，向前爬去，身上穿了块毛毡。这条驴看见他这样爬，以为他这是一条驴。因为吃饱了庄稼，它就大声叫起来。农人才知道，它是一条驴。他转回来，一箭射死这个笨兽。它自己的声音陷害了自己。（Tawney-Penzer，*The Ocean of Story*，Vol.V，P.99-100）

这个故事的内容同上面两个故事一样，用不着来多说。有一点却值得我们注意。在《嘉言集》里面，散文部分说的是老虎皮（vyaghracarman），在最后面的诗里却忽然改成豹子皮（dvīpincarman）。在《故事海》里，全篇都说的是豹子（英文译本是 panther，梵文原文不知道）。这是什么原因呢？我觉得这有两个可能：第一，印度故事里面的散文同诗有时候不是一个来源，诗大半都早于散文。诗里面是豹，到了散文里面改成虎，这是很可能的；第二，梵文的 Vyaghra 和 dvīpin，平常当然指两种不同的动物；但有时候也会混起来，所以 dvīpin 也可以有虎的意思。我自己倾向于接受第二个可能。

我们现在再来看另外一个也是产生在印度的故事。这个故事见于巴利文的《本生经》里，原名《狮皮本生》(*Siha camma Jātaka*)，是全书的第一百八十九个故事。我现在从巴利文里译出来：

古时候，当跋罗哈摩达多王在波罗疵斯国内治世的时候，菩萨生在一个农夫家中。长大了，就务农为业。同时有一个商人，常常用驴驮了货物来往做生意。他无论走到什么地方，总先把驴身上的包裹拿下来，给它披上一张狮子皮，然后把它放到麦子地里去。看守人看见了，以为它真是一只狮子，不敢走近它。有一天，这个商人停留在一个村子门口，在煮他的早饭。他给驴披上一张狮子皮，便把它赶到麦子地里去。看守人以为它是一只狮子，不敢走近它。他就跑回家去告诉别人。全村的人都拿了武器，吹螺，击鼓，大喊着跑到地里来。这驴因为怕死，大声叫起来。菩萨看见它不过是一条驴，说第一首伽陀：

这不是狮子的，不是虎的，也不是豹的鸣声。

只是一条可怜的驴，蒙上了狮子皮。

同村的人现在也知道，它只是一条驴了。于是把它的骨头打断，拿了狮子皮，走了。商人走来，看见驴已完了，说第二首伽陀：

这驴吃麦子本来可以安安稳稳地吃下去的，

它只是蒙了狮子皮，一叫就弄坏了自己。

正在说着，驴就死了。商人离开它，走了。

这个故事大体上同上面谈过的几个差不多，这里面的主角仍然是一条驴，而且这条驴也照样因了自己的鸣声而被打死。但同上面谈的故事究竟有了点区别，这条驴子披的不是虎皮，而是狮子皮，狮子皮是上面那几个故事里面没有的。披的皮虽然有了差别，但两个故事原来还是一个故事，我想，这是无论谁都承认的。我们现在不知道，这两个之中哪一个较早。我们只能说，原来是一个故事，后来分化成两系：一个是虎皮系；一个是狮皮系。在印度，《驴皮本生》就是狮皮系故事的代表。

倘若我们离开印度到遥远的古希腊去，在那里我们也能找到狮皮系的故事。在柏拉图的《对话》（*Kratylos*）里，苏格拉底说："我既然披上狮子皮了，我的心不要示弱。"这只是一个暗示，不是一个故事。一个整体的故事我们可以在《伊索寓言》里找到：

一条驴蒙上一张狮子皮，在树林子里跑来跑去。在它游行的时候，它遇到很多的笨兽，都给它吓跑了。它自己很高兴。最后它遇到一只狐狸，又想吓它；但狐狸却听到它的鸣声，立刻说："我也会让你吓跑的，倘若我没听到你的鸣声。"

在这故事里，这条驴仍然是因了鸣叫而显了真相。除了这个故事以外，在法国拉封丹的寓言里，也有一个同样的属于狮皮系的故事，标题叫《驴蒙狮皮》（*L'âne vêtu de la peau du lion*）。我现在把它译在下面：

> 一条驴蒙了狮子的皮，
>
> 到处都引起了恐怖。
>
> 虽然是一个胆怯的畜生，
>
> 却让全世界都震动了。
>
> 不幸露出了一角耳朵，
>
> 泄露了它的欺骗和错误。
>
> 马丁又来执行他的任务。
>
> 不知道这是欺骗和奸诈的人们，
>
> 看到马丁把狮子赶到磨房里去，
>
> 都吃惊了。
>
> 无论什么人都可以在法兰西大呼，
>
> 让人人都熟悉这寓言。
>
> 一身骑士的衣服，
>
> 占骑士武德的四分之三。

这个故事是用诗写成的，比以前讨论的都短。在这里，不是驴的鸣声泄露了秘密，而是它的耳朵，这是同别的故事不同的地方。

我们从印度出发，经过了古希腊，到了法国，到处都找到这样一个以驴为主角蒙了虎皮或狮皮的故事。在世界许多别的国家里，也能找到这样的故事，限于篇幅，我们在这里不能一一讨论了。这个故事，虽然到处都有，但却不是独立产生的。它原来一定是产生在一个地方，由这地方传播开来，终于几乎传遍了全世界。我们现在再回头看我在篇首所抄的柳宗元的短寓言《黔之驴》的故事，虽然那条到了贵州的长耳公没有蒙上虎皮，但我却不相信它与这故事没有关系。据我看，它只是这个流行世界成了一个类型的故事的另一个演变的方式。驴照旧是主角，老虎在这里没有把皮剥下来给驴披在身上，它自己却活生生地出现在这故事里。驴的鸣声没有泄露秘密，却把老虎吓跑了。最后，秘密终于因了一蹄泄露了，吃掉驴的就是这老虎。柳宗元或者在什么书里看到这故事，或者采自民间传说。无论如何，这故事不是他自己创造的。

1947 年 10 月 7 日晚

"猫名"寓言的演变

在中国的民间故事里有一个故事的类型非常别致有趣。这类故事的主要特点是：先从一件东西说起，一件一件地说下去，前后的次序一点也不牵强，看起来很自然，但结果绕一个弯子又回到原来的东西上，或者扯到一件同原来的东西绝不相容的、放在一起让人只觉得滑稽的东西上。我不知道专家们怎样称呼这个类型，我想替它起一个名字，叫作"循环式"。这类故事的起源当然也很早。但以前的我们不清楚了，我现在只预备从明朝说起，明刘元卿的《应谐录》里记载了一个短的寓言：

　　齐奄家畜一猫，自奇之，号于人曰"虎猫"。客说之曰："虎诚猛，不如龙之神也。请更名曰龙猫。"又客说之曰："龙固神于虎也。龙升天须浮云，云其尚于龙乎？不如名曰云。"又客说之曰："云霭蔽天，风倏散之，云固不敌风也。请更名曰风。"又客说之曰："大风飙起，维屏以墙，斯足蔽矣。风其如墙何？名之曰墙猫可。"
又客说之曰："维墙虽固，维鼠穴之，墙斯圮矣。墙又如
鼠何？即名之曰鼠猫可也。"东里丈人嗤之曰："噫嘻！
捕鼠者故猫也。猫即猫耳，胡为自失其本真哉！"（《续
说郛》第四十五卷）

这个寓言虽然由刘元卿记载了下来，但据我看它的来源一定
是流行在民间的故事。也许在民间已经流行了很多年，才遇到一
位朋友把它写了下来。这个寓言的主角是猫，结果却经过了虎、
龙、云、墙，把猫同老鼠扯在一处。由虎说到龙，由龙说到云，
由云说到墙，这次序非常自然，一点也不牵强；但终于说成"鼠
猫"，成了一个很幽默的讽刺。世界上无论哪一国的寓言，里面
都多半包含着一个道德教训，这个寓言也有一个道德教训，就
是：一个人不应该失掉了"本真"。

在日本也有一个相似的寓言。我不知道源出哪一本书，我看
到的只是王真夫先生的译文，题目叫作《日本古笑话》，见 1943
年 7 月《艺文杂志》创刊号。我现在就把译文抄在下面：

有一个人非常好胜，养了一只猫，也想给它起一
个最伟大的名字。想了好久，起了一个"天"字。朋友
听得，说道："天也争不过雨云呀！""那么就唤作雨云
吧！""雨云也争不过风呀！""那么唤作风吧！""风
还是争不过窗纸呀！""那么唤作窗纸吧！""窗纸争不
过老鼠呀！""如此说来，还是唤作猫吧！"

我们一看就可以知道，这个寓言同中国的那一个非常相似。只有几处有点区别，譬如一开头不说虎、龙，而只说天，由天说到云；不说墙，而说窗纸，最后一句："如此说来，还是唤作猫吧！"远不如中国"鼠猫"两个字含蓄而又幽默。但这些区别都很小。这里的主角仍然是猫，也是要替猫起一个名字。所以这个寓言很可能是从中国流传过去的。

中国虽然能把这个寓言输出去，但输出的可惜也不是国货。同许多别的流传在民间的故事一样，这个寓言的老家大概也是印度。在梵文故事集《故事海》里我们找到一个类似的寓言。我手边没有梵文原文，我只能从陶尼（Tawney）和彭策（Panzer）的英译本里把这个故事译出来（第五册页109）：

从前一个隐士拾到一只从鹰爪里掉出来的小老鼠，觉得很可怜，于是就运用神通力把它变成一个少女，带到自己隐居的地方去。当他看到她已经长大了的时候，他想替她找一个有力的丈夫。他先把太阳喊来，对太阳说："娶这个女孩子吧！我想把她嫁给一个有力的丈夫。"太阳回答说："云比我还有力，他一会儿的工夫就可以把我遮起来。"隐士听了，把太阳放走，又把云喊了来，让他娶她。云回答说："风比我还有力，只要他高兴，他可以把我吹到天空里任何地方去。"隐士听了，又把风喊了来，仍然向他做同样的建议。风回答说："山比我更有力，因为我不能够移动他们。"这个隐士听了，就把喜马拉雅山喊来，想把女子嫁给他。山回答说："老鼠比我更有力，因为它们能够在我身上挖洞。"

这隐士听了这些聪明的神们的回答，就喊来一只林鼠，对它说："娶这个女孩子。"它回答说："请你告诉我，她怎样钻进我的穴子里去。"隐士说："她最好还是变成一只老鼠。"于是他又把她变成老鼠，嫁给那只雄鼠。

这个寓言同流传在中国和日本的那一个"猫名"寓言内容有点差别。这里面主角不是猫，而是老鼠，猫在这里根本没有露面，当然更谈不到起什么名字。这寓言的中心故事是老鼠招亲。从老鼠说起，经过太阳、云、风、山，终于还是回到老鼠。

在别的用梵文写成的故事书里也有这样一个寓言。譬如说在《五卷书》里就可以找到，《五卷书》最早的形式是《说薮》，在这里面已经有这样一个寓言了。美国梵文学者爱哲顿（F. Edgenon）构拟出来的所谓原始《五卷书》里当然也有，而且同《说薮》里的那一个几乎完全一样。我现在从梵文里把《说薮》里的那一个寓言译出来：

一个苦行者在恒河里洗澡。正开始漱嘴的时候，一个从鹰爪里逃出来的小老鼠掉在他手里。这苦行者把它放在一棵无花果树的下面，又洗了洗澡，就想回到他的隐居的地方去。他忽然想到那个小老鼠。他自己想："我把那个失掉了父母的小老鼠忘掉了，真有点残忍。"这样想过，他就又走回去，运用神通力把小老鼠变成一个少女，带回家去，交给他的没有子女的老婆，说道："亲爱的，把这个女孩子好好的养大！"时间渐渐过去，女孩子已经十二岁了。这仙人想把她出嫁，因为：

一个在父亲的房子里看到月信的女子应该被人看作是一个婆萨里（Vasali）；

按传统的说法婆萨里不是首陀罗（Śūdra）女子，

所以我想把她嫁给一个平等的男人。

因为：

两个人资产相当，门户相当，

可以结婚，可以做朋友，一个富一个穷就不行。

想过以后，他把太阳喊了来，对他说道："娶这个女孩子！"这一个永远用自己的眼睛看一切事情的世界的保护者（太阳神）说："云比我更有力，仙人，因为我虽然出来，但他可以把我遮起来。"苦行者觉得这话有道理，就把云喊了来，对他说道："娶我的女孩子！"云也有同样的理由："风比我更有力，他能够把我吹散，吹到任何地方去。"苦行者就把风喊了来："娶我的女孩子！"但是风却说："仙人，山比我更有力，因为我一点也不能动摇他。"苦行者于是就把一个山喊过来："娶我的女孩子！"山说："我们确是不能动摇，但是老鼠却有办法。他们能够在我们身上钻一百个洞。"苦行者沉思了一会儿，喊过一只雄鼠来，对他说道："娶我的女孩子！"雄鼠说："那不行。我怎样把她带进我的洞穴里去呢？"苦行者觉得这话有道理，于是就运用神通力把她变成原来的样子。

在《五卷书》里，这个寓言最早的形式就是这样。在晚出的由耆那教的和尚补哩那婆多罗改编的《五卷书》里，这个寓言也被收进去，但内容同风格都有点差异了。开头先来一段相当长的描写，把恒河里的水的动荡，鱼的跳跃和因这跳跃而起的泡沫，浪潮的变幻都描绘了一番，以下接着写在这河边上的苦行者的情形，他们的衣服，他们吃的东西。再以下才是正文。这一段长的描写只用了几个离合释（Samāsa，英文叫作 Compound），这表现出一种纯粹艺术诗（Kāvya）的风味。我们上面译出的《说数》里的那个寓言已经不能够代表原来流行在民间的形式，已经是文人学士的作品，这里这一个更离民间形式远了。在女孩子到了十二岁的时候，隐士想替她找一个丈夫。在上面译的寓言里紧接着有两首诗，但在补哩那婆多罗的改订本里却有十一首。这当然都是后加的。这也是文人学士的成绩，他们故意引用这样许多诗来表示他们的渊博。在上面译出的那个寓言里的第一首诗的意思是，在女孩子有月经以前就应该结婚。但在补哩那婆多罗的改编本里这点很简单的意思却引用了九首诗来表达。下面这一首诗可作代表：

> 所以应该把女孩子嫁出去，趁她还没有月经的时候。
> 一个八岁的女孩子的出嫁是可以赞美的。

这样的诗虽然与本文没多大关系，但我们从这里可以看出古代印度人对女子结婚的看法，也是非常有趣的。

　　同《故事海》里的那个寓言一样，在《五卷书》这一个寓言里，主人也不是猫，而是一只小老鼠。在这里也是从太阳说起，也是经过了云、风、山，最后说到老鼠，完成了这个"环"。这两个寓言同中国和日本的"猫名"寓言，初看起来，似乎有很大的差别；但倘一仔细研究，就可以看出来，它们都属于同一个类型："循环式"，而且印度很可能就是这个寓言的老家。印度寓言里的主角是老鼠，由老鼠想到猫，于是中间不知经过了多少演变，在中国和日本，猫就变成了主角。虽然老鼠已经降为配角，但它在这里仍然占一个位置。这一点据我看就能暗示出中国的"猫名"寓言和印度的"老鼠结婚"寓言的关系。此外在印度寓言里的云，在中国寓言里也出现了。这也可以给我们一点研究这两个寓言间相互关系的线索。我们研究比较文学，往往可以看出一个现象：故事传布愈广，时间愈长，演变也就愈大；但无论演变到什么程度，里面总留下点痕迹，让人们可以追踪出它们的来源来。正像孙悟空把尾巴变成旗杆放在庙后面一样，杨二郎一眼就可以看出来，这座庙是猴儿变的。

　　我上面只谈到这个寓言在中国、日本和印度演变的情形。在别的国家也可以找到同样的寓言。因为别的学者已经谈到，我在这里就不谈了。

1948 年 3 月 24 日

研究学问的三个境界

王国维在他著的《人间词话》里说了一段话：

古今之成大事业大学问者，必经过三种之境界："昨夜西风凋碧树，独上高楼，望尽天涯路。"此第一境也。"衣带渐宽终不悔，为伊消得人憔悴。"此第二境也。"众里寻他千百度，回头蓦见那人正在灯火阑珊处。"此第三境也。

尽管王国维同我们在思想上有天渊之别，他之所谓"大学问""大事业"，也跟我们了解的不完全一样。但是这一段话的基本精神，我们是可以同意的。

现在我就根据自己一些经验和体会来解释一下王国维的这一段话。

"昨夜西风凋碧树，独上高楼，望尽天涯路。"意思是：在秋天里，夜里吹起了西风，碧绿的树木都凋谢了。树叶子一落，一切都显得特别空阔。一个人登上高楼，看到一条漫长的路，一直引到天边，不知道究竟有多么长。王国维引用这几句词，形象地说明了一个人立志做一件事情时的情景。志虽然已经立定，但是前路漫漫，还看不到什么具体的东西。

说明第二个境界的那几句词引自欧阳修的《蝶恋花》。王国维只是借用那两句话来说明：在工作进行中，一定要努力奋斗，刻苦钻研，日夜不停，坚持不懈，以致身体瘦削，连衣裳的带子都显得松了。但是，他（她）并不后悔，仍然是勇往直前，不顾自己的憔悴。

在三个境界中，这可以说是关键。根据我自己的体会，立志做一件事情以后，必须有这样的精神，才能成功。无论是在对自然的斗争中，还是在阶级斗争中，要想找出规律，来进一步推动工作，都是十分艰巨的事情。就拿我们从事教育和科学研究工作的人来说吧，搞自然科学的，既要进行细致深入的实验，又要积累资料。搞社会科学的，必须积累极其丰富的资料，并加以细致的分析和研究。在工作中，会遇到层出不穷的意想不到的困难，我们一定要坚忍不拔，百折不回，绝不容许有任何侥幸求成的想法，也不容许徘徊犹豫。只有这样，才能得到最后的成功。

工作是艰苦的，工作的动力是什么呢？对王国维来说，工作的动力也许只是个人的名山事业。但是，对我们来说，动力应该是建设社会主义社会和共产主义社会。所以，我们今天的工作动力同王国维时代比起来，真有天渊之别了。

所谓不顾身体的瘦削，只是形象的说法，我们绝不能照办。

在王国维时代，这样说是可以的。但是到了今天，我们既要刻苦钻研，同时又要锻炼身体。一马万马的关系必须正确处理。

此外，我们既要自己钻研，同时也要兢兢业业地向老师学习。打一个不太确切的比喻，老师和学生一教一学，就好像是接力赛跑，一棒传一棒，跑下去，最后达到目的地。我们之所以要尊师，就是因为老师在一定意义上是跑前一棒的人。一方面，我们要从他手里接棒；另一方面，我们一定会比他跑得远，这就是所谓"青出于蓝，而胜于蓝"。

说明第三个境界的词引自辛弃疾的《青玉案·元夕》。意思是：到处找他（她），也不知道找了几百遍几千遍，只是找不到。猛一回头，那人原来就在灯火不太亮的地方。中国旧小说常见的"踏破铁鞋无觅处，得来全不费工夫"，表达的也是这个意思。王国维引用这几句词，来说明获得成功的情形。一个人既然立下大志做一件事情，于是就苦干、实干、巧干。但是什么时候才能成功？对于这个问题大可以不必过分考虑。只要努力干下去，而方法又对头，干得火候够了，成功自然就会到你身边来。

这三个境界，一般地说起来，是与实际情况相符的。就王国维所处的时代来说，他在科学研究方面所获得的成绩是极其辉煌的。他这一番话，完全出自亲自的体会和经验，因此才这样具体而生动。

到了今天，社会大大地进步了，我们的学习条件大大地改善了，我们的学习动力也完全不一样了；我们都应该立下雄心大志，一定要艰苦奋斗，攀登科学的高峰。

1959 年 7 月

我是怎样研究起梵文来的

　　我是怎样研究起梵文来的？这确实是一个很有意思的问题。对于这个问题，我过去没有考虑过。我考虑得最多的反而是另一个问题：如果我现在能倒转回去五十年的话，我是否还会走上今天这样一条道路？然而，对于这个问题，我的答复一直是摇摇摆摆，不太明确。这里就先不谈它了。

　　我现在只谈我是怎样研究起梵文来的。我在大学念的是西方文学，以英文为主，辅之以德义和法义。当时清华大学虽然规定了一些必修课，但是学生还可以自由选几门外系的课。我大概从一开始就是一个杂家，爱好的范围很广。我选了不少外系的课。其中之一就是朱光潜先生的"文艺心理学"。另一门是陈寅恪先生的"佛经翻译文学"。后者以《六祖坛经》为课本。我从来就不相信任何宗教。但是对于佛教却有浓厚的兴趣。因为我知道，中国同印度有千丝万缕的文化关系，很想了解一下，只是一直没有得到机会。陈先生的课开阔了我的眼界，增强了我的兴趣。我

185

曾同几个同学拜谒陈先生，请他开梵文课。他明确答复，他不能开。在当时看起来，我在学习梵文方面就算是绝了望。

但是，天底下的事情偶然性有时是会起作用的。大学毕业后，我在故乡里的高中教了一年国文。一方面因为不结合业务；另一方面我初入社会，对一些现象看不顺眼，那一只已经捏在手里的饭碗大有摇摇欲坠之势，我的心情因而非常沉重。正在这走投无路的关键时刻，天无绝人之路，忽然来了一个偶然的机会，我有了到德国去学习的可能。德国对梵文的研究，是颇有一点名气的，历史长，名人多，著作丰富，因此有很大的吸引力。各国的梵文学者很多是德国培养出来的，连印度也不例外。有了这样一个机会，我那藏在心中很多年的夙愿一旦满足，喜悦之情是无法形容的。

到了德国，入哥廷根（Göttingen）大学从瓦尔德施密特（E. Waldschmidt）教授学习梵文和巴利文。他给我出的论文题目是关于印度古代俗语语法变化，从此就打下了我研究佛教混合梵文的基础。苦干了五年，论文通过、口试及格。由于战争，回国有困难，被迫留在那个小城里。瓦尔德施密特教授应召从军。他的前任西克（E. Sieg）教授年届八旬，早已退休。这时就出来担任教学工作。实际上只有我一个学生。西克教授是闻名全世界的研究吐火罗文的权威。费了几十年的精力把这种语言读通了的就是他。这位老人，虽然年届耄耋，但是待人亲切和蔼，对我这个异邦的青年更是寄托着极大的希望。他再三敦促我跟他学习吐火罗文和吠陀。我却不过他的美意，就开始学习。这时从比利时来了一个青年学者，专门跟西克教授学习吐火罗文。到了冬天，大雪蔽天，上完课以后，往往已到黄昏时分。我怕天寒路滑，老人路上出危险，经常亲自陪西克先生回家。我扶着他走过白雪皑皑的长街，到了他家门口，看着他的背影消失在薄暗中，然后才回家。此景此情，到现在已相距四十年，每一忆及，温暖还不禁涌上心头。

当时我的处境并不美妙。在自己的祖国，战火纷飞，几年接不到家信，"烽火连三月，家书抵万金"。没有东西吃，天天饿得晕头转向，头顶上时有轰炸机飞过，机声震动全城，仿佛在散布着死亡。我看西克先生并不在意，每天仍然坐在窗前苦读不辍，还要到研究所去给我们上课。我真替他捏一把汗，但是他自己却处之泰然。这当然会影响了我。我也在机声嗡嗡、饥肠辘辘中终日伏案，置生死于度外，焚膏油以继晷，同那些别人认为极端枯燥的死文字拼命。时光一转眼就过去了几个年头。

如果有人要问，我这股干劲是从哪里来的？这确实是一个比较复杂的问题，三言两语是说不清楚的。简单地列出几个条条，也难免有八股之嫌。我觉得，基础是对这门学科的重要性的认识。但是，个人的兴趣与爱好也绝不可缺少。我在大学时就已经逐渐认识到，研究中国思想史、佛教史、艺术史、文学史等等，如果不懂印度这些方面的历史，是很难取得成绩的。中印两国人民有着长期的文化交流、友好往来的历史传统。这个传统需要我们继承与发展。至于个人的兴趣与爱好是与这个认识有联系的，但又不是完全决定于认识。一个人如果真正爱上了一门学科，那么，日日夜夜的艰苦劳动，甚至对身体的某一些折磨，都会欣然忍受，不以为意。

此外，我还想通过对这方面的研究把中国古代在这方面的光荣传统发扬光大。人们大都认为梵文的研究在中国是一门新学问。拿近代的情况来看，这种看法确实是正确的。宋朝以后，我们同印度的来往逐渐减少。以前作为文化交流中心的佛教，从十一二世纪开始，在印度慢慢衰微，甚至消亡。西方殖民主义东来以后，两国的往还更是受到阻拦。往日如火如荼的文化交流早已烟消火灭。两国人民都处在水深火热中，什么梵文研究，当然是谈不上了。

但是，在宋代以前，特别是在唐代，情况却完全是另一个样子。在当时，我们研究梵文的人数是比较多、水平是比较高的。印度以外的国家能够同我们并驾齐驱的还不多。可惜时过境迁，沧海桑田，不但印度朋友对于这一点不清楚，连我们自己也不甚了了了。

解放以后，我曾多次访问印度。印度人民对于中国人民的热情，深深地打动了我的心。很多印度学者也积极地探讨中印两国文化交流的历史，从而从历史上来论证两国人民友好的必要性和必然性。但是，就连这一些学者也不了解中国过去对梵文研究有过光荣的传统。因此，我们还有说明解释的必要。前年春天，我又一次访问印度，德里大学开会欢迎我，我在致辞中谈到中印文化交流的历史要比我们现在一般人认为的要早得多。到了海德拉巴，奥思曼大学又开会欢迎我。看来这是一个全校规模的大会，副校长（实际上就是校长）主持并致欢迎词。他在致辞中要我讲一讲中国的教育与生产劳动相结合的问题。我乍听之下大吃一惊：这样一个大题目我没有准备怎么敢乱讲呢？我临时灵机一动，改换了一个题目，就是中国研究梵文的历史。我讲到，在古代，除了印度以外，研究梵文历史最长、成绩最大的是中国。这一点中外人士注意的不多。我举出了很多的例子。在《大慈恩寺三藏法师传》里有一段讲梵文语法（声明）的记载。唐智广的《悉昙字记》是讲梵文字母的。唐义净的《梵语千字文》是很有趣的一部书，它用中国的老办法来讲梵文，它只列举了大约千把个单词：天、地、日、月、阴、阳、圆、距、昼、夜、明、暗、雷、电、风、雨等等，让学梵文的学生背诵。义净在序言中说："不同旧《千字文》。若兼《悉昙章》读梵本，一两年间，即堪翻译矣。"我们知道，梵文是同汉文完全不同的语言，语法变化异常复杂，只学习一些单词儿，就能胜任翻译吗？但是，义净那种乐观的精神，我是非常欣赏的。此外还有唐全真的《唐梵文字》和唐礼言集的《梵语杂名》，这是两部类似字典的书籍。《唐梵文字》同《梵语千字文》差不多。《梵语杂名》是按照分类先列汉文，后列梵文，不像现在的字典一样按照字母顺序这样查阅方便。但是，用外国文写成的梵文字典这部书恐怕要归入最早之列了。

至于唐代学习梵文的情况，我们知道的并不多。《续高僧传》卷四《玄奘传》说："（玄奘）顿迹京辇，广就诸蕃，遍学书语，行坐寻授，数日便通。"可见玄奘是跟外国人学习印度语言的。大概到了玄奘逝世后几十年的义净时代，学习条件才好了起来。我们上面已经讲到，义净等人编了一些学习梵语的书籍，这对学习梵语的和尚会有很大的帮助。对于这些情况，义净在他所著的《大唐西域求法高僧传》中有所叙述。《玄照传》说："以贞观年中乃于大兴善寺玄证师处，初学梵语。"《师鞭传》说："善禁咒，闲梵语。"《大乘灯传》说："颇闲梵语。"《道琳传》说："到东印度耽摩立底国，住经三年，学梵语。"《灵运传》说："极闲梵语。"《大津传》说："泛舶月余，达尸利佛逝洲。停斯多载，解昆仑语，颇习梵书。"贞固等四人"既而附舶，俱至佛逝，学经三载，梵汉渐通"。义净讲到的这几个和尚，有的是在中国学习梵语，有的是在印度尼西亚学习。总之，他们到印度之前，对梵语已经有所了解了。

上面简略地叙述了中国唐代研究梵文的情况，说明梵文研究在中国源远流长，并不是什么新学问，我们今天的任务是继承和发扬；其中当然也还包含着创新，这是不言而喻的。

我们今天要继承和发扬的，不仅仅在语言研究方面。在其他方面，也有大量的工作可做。我们都知道，翻译成中国各族语文的印度著作，主要是佛教经典，车载斗量，汗牛充栋。这里面包括汉文、藏文、蒙古文、满文，以及古代的回鹘文、和阗文、焉耆文、龟兹文等等。即使是佛典，其中也不仅仅限于佛教教义，有不少的书是在佛典名义下的自然科学，比如天文学和医学等等。印度人民非常重视这些汉译的佛典，认为这都是自己的极可宝贵的文化遗产。可惜在他们本国早已绝迹，只存在于中国的翻译中。他们在几十年以前就计划从中文再翻译回去，译成梵文。我在解放初访问印度的时候，曾看到过他们努力的成果。前年到印度，知道这工作还在进行。可见印度人民对待这一件工作态度是严肃认真的，精神是令人钦佩的。我们诚挚地希望他们会进一步做出更大的成绩。我们中国人民对于这一个文化宝库也应当做出相应的努力，认真进行探讨与研究。今天世界上许多国家，比如欧美的学术比较发达的国家和东方的日本，在这方面研究工作上无不成绩斐然。相形之下，我们由于种种原因显然有点落后了。如不急起直追，则差距将愈来愈大，到了"礼失而求诸野"的时候，就将追悔莫及了。

此外，在中国浩如烟海的史籍中，有大量的有关中国与南亚、东南亚、西亚、非洲各国贸易往还、文化交流的资料。这是世界上任何国家都比不上的，是人类的瑰宝。其中关于印度的资料更是特别丰富、特别珍贵。这些资料也有待于我们的搜罗、整理、分析与研究。有一个非常可喜的现象，这就是，最近一些年以来，印度学者愈来愈重视这一方面的研究，写出了一些水平较高的论文，翻译了不少中国的资料。有人提出来，要写一部完整的中印文化关系史。他们愿意同中国学者协作，为了促进中印两国人民的传统友谊，加强两国人民的互相了解而共同努力。我觉得，我们在这方面也应当当仁不让，把这一方面的研究工作开展起来。

至于怎样进行梵文和与梵文有关的问题的研究，我的体会和经验都是些老生常谈，卑之无甚高论。我觉得，首先还是要认识这种研究工作的重要意义。在这个前提下，持之以恒，锲而不舍，不怕任何困难，终会有所成就。一部科学发展史充分证明了一个事实：只有努力苦干、争分夺秒、不怕艰苦攀登的人，才能登上科学的高峰。努力胜于天才，刻苦超过灵感，这就是颠扑不破的真理。如果脑袋里总忘不掉什么八小时工作制，朝三暮四，松松垮垮，那就什么事情也做不成。我们古人说："一寸光阴一寸金，寸金难买寸光阴。"谁要是不懂珍惜时间，那就等于慢性自杀。当然，我们也不能忘记："一张一弛，文武之道也。"会工作，还要会休息，处理好工作与休息的辩证关系，紧张而又有节奏地生活下去，工作下去。

在这里，我还想讲一点个人的经历。我在国外研究的主要是印度古代的俗语和佛教混合梵文，最后几年也搞了点吐火罗文。应该说，我对这些学科发生了浓厚的兴趣。但是，回国以后，连最起码的书刊资料都没有。古人说："巧妇难为无米之炊。"何况我连一个"巧妇"也够不上！俗话说："有多大碗，吃多少饭。"我只有根据碗的大小来吃饭了。换句话说，我必须改行，至少是部分地改行。我于是就东抓西挠，看看有什么材料，就进行什么研究。几十年来，成了一个名副其实的杂家。有时候，也发点思旧之幽情，技痒难忍，搞一点从前搞过的东西。但是，一旦遇到资料问题，明知道国外出版了一些新书，却是可望而不可即。只好长叹一声，把手中的工作放下。其中酸甜苦辣的滋味，诚不足为外人道也。

这样就可以回到我在本文开始时提到的那一个问题：如果我现在能倒转回去五十年的话，我是否还会走上今天这样一条道路？我为什么会提出这样一个看起来似乎非常奇怪的问题，现在大概大家都明白了。这个问题本身就包含着一点惋惜、一点追悔、一点犹疑、一点动摇，还有一点牢骚。我之所以一直有这样一个问题，一直又无法肯定地予以答复，就因为我执着于旧业，又无法满足愿望。明知望梅难以止渴，但有梅可望比无梅不是更好一些吗？现在情况已经有了改变：祖国天空里的万里尘埃已经廓清，"四化"的金光大道已经辉煌灿烂地摆在我们眼前。我们西北一带——新疆和甘肃等地区出土古代语文残卷的佳讯时有所闻。形势真有点逼人啊！这些古代语文或多或少都与梵文有点关系。不加强梵文的研究，我们就会像患了胃病的人，看到满桌佳肴，却无法下箸。加强梵文和西北古代语文的研究已刻不容缓。这正是我们努力加鞭的大好时光。困难当然还会有的，而且可能还很大。但是克服困难的可能性已经存在。倘若我现在再对自己提出上面说的那一个问题，那么我的答复是非常明确、绝不含糊的：如果我现在能够倒转回去五十年的话，我仍然要走这样一条道路。

1980 年 2 月 26 日写毕

关于《大唐西域记》①

　　要想正确评价这样一部书，我觉得，应该从以下几个方面着手：第一，要把它放在一定的历史背景下来考察研究；第二，有比较才能有鉴别，要把它同其他同类的书籍来比较一下；第三，要看它帮助我们解决了多少问题，又提出了多少值得探索的新问题；第四，实践是检验真理的唯一标准，要看它在实践上究竟有多大用处。

　　先谈第一点。

　　中华民族不但是一个酷爱历史的民族，而且也是一个酷爱地理的民族。在历史方面，除了几乎每个朝代都有自己的正史以外，还有多得不可胜数的各种"史"。尽管这里面也难免有些歪曲事实的地方，有些迷信或幻想的成分，但是总的说来，是比较

---

　　①　本篇选自《玄奘与〈大唐西域记〉》，系季羡林先生校注《大唐西域记》前言第六部分。——编者注

翔实可靠的，实事求是的。这充分显示了我们民族的特点。在地理方面，我们从很早的时候起就有了地理著作，比如《禹贡》《山海经》《穆天子传》之类。这些书尽管不像它们自己声称的那样古老，但总之是很古老的。我们也很早就有了关于外国的地理书，而且有的还附有地图。到了南北朝时期和以后的时代，由于中外交通频繁起来了，各种地理书风起云涌。南齐陆澄曾经把《山海经》以下一百六十家的地理著作，按照地区编成《地理书》一百四十九卷，梁任昉又增加八十四家，编成《地记》二百五十二卷。中央政府设有专门机构，了解外国的情况。《唐六典》兵部有职方郎中员外郎，专管天下地图，包括外国的在内。还有鸿胪，专门招待外国客人，顺便询问外国的情况。[①]有时候，打了胜仗以后，也派人到外国去调查风俗物产，写成书，画上图，进奉皇帝。[②]甚至有了地形模型。

在唐代，在玄奘以后的相当长的时间内，地理书籍特别繁多，这同当时的政治、经济情况和文化交流、宗教活动是分不开的。《十道图》有很多种类。大历时贾耽著有《陇右山南图》，贞元十七年又撰《海内华夷图》《古今郡国道县四夷述》（四十卷）。可以说是一个典型的代表。

---

① 见《唐六典》卷五《兵部》："职方郎中员外郎掌天下之地图，及城隍、镇戍、烽堠之数，辨其邦国都鄙之远迩，及四夷之归化者。凡地图委州府，三年一造，与板籍偕上省。其外夷每有番客到京委鸿胪讯其本人本国山川风土为图以奏焉。"
② 见《唐会要》卷七十三《安西都护府》注："西域既平，遣使分往康国及吐火罗国，访其风俗物产，及古今废置，尽（画）图以进。因令史官撰《西域图志》六十卷。"

谈到宗教活动对地理学发展的影响，主要指的是佛教。古时候，交通异常困难，除了使臣和商人之外，大概很少有人愿意或敢于出国的。独有和尚怀着一腔宗教热诚，"轻万死以涉葱河，重一言而之奈苑"。他们敢于冒险，敢于出国。从汉代起，中印的僧人就互相往来，传播佛教。他们传播的不仅仅是宗教。正如人们所熟知的，中印两国的文化也随着宗教的传播而传播开来。在长达六七百年的时间内，出国活动的人以和尚为最多，而且中国和尚还充分表现了中华民族的特点：他们喜爱历史，也喜爱地理。他们实事求是，很少浮夸。他们写了不少的书，比如：

晋法显《佛国记》，今存。

释道安《西域志》，今佚。[1]

支僧载《外国事》，今佚。

智猛《游行外国传》，今佚。

释昙景（勇）《外国传》，今佚。

竺法维《佛国记》，今佚。

释法盛《历国传》，今佚。

竺枝《扶南记》，今佚。[2]

惠生《惠生行传》，见《洛阳伽蓝记》。

这些书无论如何，总可以说是中国佛教僧侣对中外文化交流历史

---

[1]　见王庸《中国地理学史》。

[2]　均见向达《汉唐间西域及海南诸国古地理书叙录》，《唐代长安与西域文明》，三联书店，1957年。

的一个重大贡献。

到了玄奘的《大唐西域记》，佛教僧侣不但对中国地理学的贡献达到一个前所未有的水平，而且对印度地理学的贡献也是非常巨大的。在当时的历史背景下，这一部书确实是空前的。这一部杰作之所以能够产生，除了玄奘本人的天才与努力之外，还有其客观的需要。由于隋末的统治者滥用民力，对外讨伐，对内镇压起义军，杀人盈野，国力虚耗，突厥人乘机而起，不但威胁了隋代的统治基础，而且连新兴起的唐高祖李渊也不得不暂时向突厥低头称臣。唐高祖和太宗都深以为耻，必欲雪之而后快。想要进攻突厥或西域其他威胁唐王室的民族，必须了解地理情况，唐太宗之所以一见面即敦促玄奘写书，其原因就在这里。玄奘是一个有政治头脑的和尚，绝不会辜负太宗的希望，《大唐西域记》于是就产生了。太宗拒绝经题，但是对于这一部书却非凡珍惜，他对玄奘说："又云新撰《西域记》者，当自披览。"可见他的心情之迫切了。

现在再谈第二点。

首先同中国类似的书相比。中国古代关于印度的记载，在汉以前的古书中，可能已经有了。但是神话传说很多，除了知道我们两国从远古起就有了交往以外，具体的事情所知不多。从汉代起数量就多了起来。佛教传入中国以后，两国间直接的交通日益频繁，对彼此了解情况，大有帮助。到印度去的僧人写了不少的书，上面已经列举了一些。但是所有这些书同《大唐西域记》比较起来，无论是从量的方面比，还是从质的方面比，都如小巫见大巫，不能望其项背。像《大唐西域记》内容这样丰富，记载的国家这样多，记载得又这样翔实，连玄奘以后很长的时间内，也没有一本书能够比得上的。因此，从中国方面来说，《大唐西域记》确实算是一个高峰。

其他外国人写的有关印度的书怎样呢？

印度民族是一个伟大的非常有智慧的民族，在古代曾创造出灿烂的文化，哲学、自然科学都有很高的造诣，对世界文化做出了巨大的贡献。但是印度民族性格中却有一个特点：不大重视历史的记述，对时间和空间这两方面都难免有幻想过多、夸张过甚的倾向，因此马克思才有"印度没有历史"之叹①。现在要想认真研究印度历史，特别是古代史，就必须依靠外国人的记载。从古代一直到中世，到过印度的外国人非常多，没有亲身到过但有兴趣的也不少。他们留下了很多的记载。这些记载对研究印度历史来说，都成了稀世之宝。首先必须提出的是古代希腊人的著述。在这方面最早的是一个叫 Skylax 的人的记录。传说他于公元前 547 年左右泛舟印度河。他的著作已经佚失。其次是克特西亚斯（Ctesias），他的著作主要是一些寓言。再就是所谓"历史之父"的希罗多德（Herodotus，公元前 5 世纪，有人说是公元前 484—前 406）的记述。可惜他的资料不是根据亲身经历，而是来自波斯人的传闻，因此多不可靠。最重要的是亚历山大入侵时或以后的希腊人的著作，这些人亲自到过印度。记述亚历山大入侵的有希腊作家，也有罗马作家，比如：阿里安（Arrian，约公元96—

---

① 马克思《不列颠在印度统治的未来结果》，《马克思恩格斯选集》第二卷，人民出版社，1972 年，页 69。他的原话是："印度社会根本没有历史，至少是没有为人所知的历史。"

180）的《亚历山大远征记》第四卷；Curtius Rufus Quintus（约公元41—54）的 *De Rebus Gestis Alexandri Magni* 第五卷；Diodorus Siculus（公元前1世纪后半叶）的 *Bibliotheco Historica* 第十七卷；Justin（公元2世纪）的 *Epitoma Historiarum Phīippicarum* 第十二卷；普鲁塔克（Plutarch，约公元46—120）的《希腊罗马名人传》；无名氏的《亚历山大大帝的历程》等等。特别值得一提的是麦伽塞因斯（Megasthenes）。他曾到孔雀王朝朝廷上当过大使，在华氏城住过几年（约公元前303—前292），亲眼见过印度，所记当然翔实。但他那名叫《印度记》（*Indika*）的书已佚，仅见于其他书籍中，例如：1.斯特拉波（Strabo，公元前63—公元19）的著作《地理学》（*Geographica*，共十七卷），取材庞杂。2.底奥多鲁斯（Diodorus，公元前1世纪，生活在亚历山大城和罗马）的《历史书库》（*Historische Bibliothek*，原书四十卷，现存一至五卷，十一至二十卷）。3.阿里安（Arrian）的《亚历山大远征记》等等。一鳞半爪，难窥全豹。在地理方面最重要的著作是阿里安的《印度记》（*Indica*），斯特拉波、Pliny 和 Ptolemy 的地理书。更重要更确切的地理书是 *Periplus Maris Erythraei*，时间约在公元1世纪，著者是一个住在埃及的希腊人，他曾航海至印度海岸。这些都是在玄奘之前的。晚于玄奘的还有不少，比如马可·波罗《游记》，伊本·白图泰（Ibn-Batuta）的《游记》。这都是人所熟知的。还有贝鲁尼。贝鲁尼全名是 Abu-r-Raihan Mohammed ibn Achmed al-Beruni，是伊斯兰教最伟大的学者之一。生于花剌子模（Choresm），死于伽色腻（Ghasni 阿富汗）。生活时间从公元973年到1050年以后。自公元1018年起作为天文学家生活在

Sultan Machmud von Ghazni 和他的继承人的朝廷上。他精通地理、天文、数学、年代学、矿物学、宗教学、史学等等。他的著作非常多。其中关于印度的有《印度》，英译书名是 *Alberunis India*，译者是萨豪（E. C. Sachau）。还有《古代民族编年史》，英译书名是 *The Chronology of Ancient Nations*，1879，译者也是萨豪。其他天文著作有《占星学引论》（*The Book of Instruction in the Elements of the Art of Astrology*，1934），英译者是莱特（R. R. Wright）。贝鲁尼有关印度的著作，不像以上两种那样著名。实际上价值绝不下于以上两种，现已引起欧洲和全世界各国学者的注意。

比较更晚一点的还有：托马斯·罗欧（Thomas Roe）的著作。他是英国国王詹谟斯一世派往印度莫卧儿皇帝扎亨吉朝廷上的大使，写了一部书，叫作《托马斯·罗欧爵士使印度记 1615—1619》。此外还有法国人弗朗索瓦·泊尼尔（Franc ois Bernier）的著作，他于公元 1668 年访印，写了一本《旅行记》。根据印度史学家罗米拉·塔帕（Romila Thapar）的意见，这两本书成为欧洲了解 17 世纪至 18 世纪的印度的主要依据。其中有些记载是相当可靠的，其他一些则是观察与幻想的混合物。

以上这些书都各有其特点，都各有其可取之处。我们从这里可以学习到不少的有用的东西，对于研究古代中世纪和十七八世纪印度的历史有很大的帮助。但是在玄奘以前的那一些著作都比较简略，不能帮助我们全面了解印度。在玄奘以后的那一些著作，当然都详细多了。但是它们都无法代替《大唐西域记》，要想了解古代和 7 世纪以前的印度，仍然只能依靠这一部书。

《大唐西域记》的功绩究竟表现在什么地方呢？

研究印度历史的中外学者都承认，古代印度的历史几乎全部都隐没在一团迷雾中，只有神话，只有传说，也有一些人物，但是对历史科学来说最重要的年代，却无从确定。有的史学家形象地说，在古代印度没有年代的一片黑暗中，有一根闪光的柱子，这就是释迦牟尼的生卒年代。确定了这个年代，以前以后的几件大事的年代的确定就都有了可靠的依据，因而才真正能谈到历史。而释迦牟尼年代的确定，中国载籍起了很大的作用，《大唐西域记》对于确定佛陀生卒年月也起过作用。古希腊亚历山大的东征，曾起了帮助确定年代的作用，这次东征对理解阿育王碑有很大好处。我们在这里暂不详细讨论。

除了释迦牟尼的年代以外，《大唐西域记》对印度古代和中世纪的历史上的许多大事件都有所记述。比如关于伟大的语法学家波你尼，关于毗卢择迦王伐诸释，关于阿育王与太子拘浪拿的故事，等等。迦腻色迦王的问题多少年来在世界许多国家的历史学家中已经成为一个热门，《大唐西域记》有四五处讲到迦腻色迦，给这个问题提供了宝贵的资料。至于在玄奘时代，印度的政治、经济、宗教、文化、民族关系等等方面，《大唐西域记》都有非常翔实的论述。我们在上面讲到这些方面的时候，主要依据就是这些论述。如果再谈到佛教史，这书里的材料就更多。几次结集的记载，除了南传佛教承认的阿育王的集结外，这里都有。关于大乘与小乘，大乘的许多大师，马鸣、龙猛（树）与提婆，无著与世亲，他们的活动的情况，这里也都有。我并不是说，这些记载都是百分之百的真实，那是不可能的，在玄奘那样一个时代，又加上他是一个虔诚的佛徒，有些神话迷信的色彩，是不可避免的，也是容易理解的，不过这些都只能算是白玉中的微瑕，绝不能掩盖这一部奇书的光辉。而且这种情况仅仅限于宗教方面，一讲到地理、历史，就仿佛从神话世界回到现实世界，记载都比较翔实可靠了。

统观全书，包括了一百多个"国"，玄奘的记述有长有短，但是不管多么短，他的记述似乎有一个比较固定的全面的章法：幅员大小、都城大小、地理形势、农业、商业、风俗、文艺、语言、文字、货币、国王、宗教等等。这些方面几乎都要涉及。当时和今天要想了解这个"国"，除了以上这些方面，还要了解些什么呢？他能用极其简洁的语言描绘大量的事实，不但确切，而且生动。所以，我们可以说，玄奘是一个运用语言的大师，描绘历史和地理的能手，而《大唐西域记》是一部稀世奇书，其他外国人的著作是很难同这一部书相比的。

现在谈第三点。

上面我们讲了《大唐西域记》帮助我们解决了许多历史上的疑难问题。比如关于印度当时的政治、经济情况，关于重大的历史事件，关于宗教力量的对比，关于佛教的几次结集，关于大、小乘力量的对比，关于小乘部派的分布情况，等等。离开了《大唐西域记》，这些问题几乎都是无法解答的。但是我个人有一个想法：比解决问题更重要的是它提出了一些还没有解决的问题，这就启发我们进一步去思考问题、研究问题，帮助我们把研究工作更向前推进。

这样的地方是非常多的，几乎在每一卷里都可以找到一些，我在这里只能举出几个来当作例子。首先我想举玄奘所经各"国"的语言问题。玄奘是一个非常细致的观察家，对语言似乎是特别留心。他所到之处，不管停留多么短暂，他总要对当地语言、文字的情况写上几句，比如：

阿耆尼国

文字取则印度，微有增损。

屈支国

文字取则印度，粗有改变。

跋禄迦国

文字法则，同屈支国，语言少异。

窣利地区

文字语言，即随称矣。字源简略，本二十余言，转而相生，其流浸广，粗有书记，竖读其文，递相传授，师资无替。

怖捍国

语异诸国。

睹货逻国

> 语言去就，稍异诸国。字源二十五言，转而相生，
> 用之备物，书以横读，自左向右，文记渐多，逾广窣利。

因为日本学者水谷真成对于这个问题已有比较详细的论证，我在这里不再引用原文，请参阅水谷真成《大唐西域记》,《中国古典文学大系》22。

在 19 世纪末 20 世纪初年以前，学者们对玄奘的记载只能从字面上接受，他讲到的这些语言，他们可以说是一无所知。但是从那个时期开始的在中国新疆一带进行的考古发掘工作，却用地下出土的实物、古代语言文字的残卷证实了玄奘的记载。是不是全部都证实了呢？也不是的。一方面现在还有一些出土的残卷，我们还没能读通。另一方面，考古发掘工作还要进行下去。将来一定还有更多、更惊人的发现，我们在这方面的工作可以说是刚刚开始。就以水谷真成的文章而论，他引证了大量的文献，论述了新疆、中亚一带（古代所谓"西域"）和印度本土的语言文字。但是对怖捍国的语言文字还没有论述。玄奘《大唐西域记》说这里："语异诸国。"同其他国都不一样，究竟是一种什么语言呢？这就需要我们进一步探讨研究。

除了语言文字以外，还有宗教方面的问题。玄奘谈到了许多佛教和印度教常见的神，他也谈到了许多别的教派和印度教不大常见的神，比如卷二健驮罗国，跋虏沙城讲到的毗魔天女，梵文是 Bhīmā，是大神湿婆的老婆，一名难近母（Durgā）；卷七吠舍

204

厘国讲到"露形之徒，实繁其党"，所谓"露形之徒"指的是印度教苦行者，也可能指的是耆那教的所谓"天衣派"，二者都是赤身露体的；卷一三摩呾吒国讲到"异道杂居，露形尼乾，其徒特盛"，这里明说的是耆那教（尼乾）；卷一〇羯饺伽国讲到"天祠百余所，异道甚众，多是尼乾之徒也"；卷一〇珠利耶国讲到"天祠数十所，多露形外道也"；卷一〇达罗毗荼国讲到"天祠八十余所，多露形外道也"。卷三僧诃补罗国谈到耆那教"本师所说文法，多窃佛经之义""威仪律行，颇同僧法"。

书中有一些关于提婆达多的记载，其中有的非常重要、有启发性。劫比罗伐窣堵国讲到提婆达多打死大象堵塞佛走的道路。婆罗疤斯国讲到在过去生中如来与提婆达多俱为鹿王，菩萨鹿王仁爱慈悲，提婆达多鹿王则正相反。菩萨鹿王想代怀孕母鹿到宫中去供膳，结果感动了国王，释放群鹿。摩揭陀国讲到：

> 宫城北门外有窣堵波，是提婆达多与未生怨王共为亲友，乃放护财醉象，欲害如来，如来指端出五师子，醉象于此驯伏而前。

这里说到提婆达多与未生怨王的密切关系。摩揭陀国还讲到，提婆达多用石遥掷向佛。讲到提婆达多入定的地方。最有趣的是室罗伐悉底国的那一段记载：

> 伽蓝东百余步，有大深坑，是提婆达多欲以毒药害佛，生身陷入地狱处。提婆达多，斛饭王之子也。精勤

十二年，已诵持八万法藏。后为利故，求学神通，亲近
恶友，共相议曰："我相三十，减佛未几，大众围绕，何
异如来？"思惟是已，即事破僧。舍利子、没特伽罗子
奉佛指告，承佛威神，说法诲喻，僧复和合。提婆达多
恶心不舍，以恶毒药置指爪中，欲因作礼，以伤害佛。
方行此谋，自远而来，至于此也，地遂坼焉，生陷地狱。

很多佛典上把提婆达多说成是一个单纯的坏家伙，什么都不懂。
这里讲到提婆达多并不是一个无能之辈，他"精勤十二年，已
诵持八万法藏"，而且身上还有三十大人相。羯罗拿苏伐剌那国
讲到：

别有三伽蓝，不食乳酪，遵提婆达多遗训也。

短短几句话很有启发。提婆达多是佛的死敌，佛教徒把他恨得咬
牙切齿，把他说得一无是处。说根本没有几个人听他的话，然
而，到了玄奘时期，离开佛与提婆达多已经一千多年了。在东印
度居然还有提婆达多的信徒，而且又是这样忠诚于他，实在值得
深思。关于这个问题，法显《佛国记》中已有记载。讲到拘萨罗
国舍卫城时，法显写道：

调达亦有众在，供养过去三佛，唯不供养释迦文佛。

"调达"就是提婆达多的另一个译法。舍卫城是在中印度。玄奘

讲到的羯罗拿苏伐刺那国是在东印度，可见提婆达多的信徒不但存在，而且地方还相当广。

此外，玄奘讲到提婆达多的信徒"不食乳酪"。对于研究印度佛教史这是一个很有趣的问题。唐义净译的《根本说一切有部毗奈耶破僧事》卷十：

> 于是提婆达多，谤毁圣说，决生耶（邪）见，定断善根。但有此生，更无后世。作是知己，于其徒众别立五法。便告之曰："尔等应知，沙门乔答摩及诸徒众，咸食乳酪。我等从今更不应食。何缘由此？令彼犊儿镇婴饥苦。又沙门乔答摩听食鱼肉，我等从今更不应食。何缘由此？于诸众生为断命事。"

可见这种习惯来源已久。《根本说一切有部毗奈耶破僧事》讲的只是书本上的记载。能否相信，还值得考虑。玄奘讲的却是活生生的事实。它证明《根本说一切有部毗奈耶破僧事》讲的不是向壁虚构。

但是这件看来似乎是小事情的事实还有更深的意义。义净《南海寄归内法传》卷一说：

> 律云：半者蒲膳尼，半者珂但尼。薄膳尼以含唼为义，珂但尼即啮嚼受名。半者谓五也。半者蒲膳尼，应译为五唼食，旧云五正者，准义翻也。一饭二麦豆饭三粆四肉五饼。半者珂但尼，应译为五嚼食。一根二茎三

叶四花五果。其无缘者若食初五，后五必不合噉。若先
食后五，前五噉便随意。准知乳酪等非二五所收。律文
更无别号，明非正食所摄。

学者们的意见是，这里讲的是大乘和尚，他们都不许吃奶制品。
此外，上面引用的《根本说一切有部毗奈耶破僧事》中还谈到吃
鱼、肉的问题。这也是佛教史上一个有趣的问题。看来小乘基本
上是允许吃肉的，至少对有病的和尚是允许的。佛本人在死前可
能就吃过猪肉。在这一段引文中，提婆达多拿吃肉这件事当作武
器同释迦牟尼斗争。这很值得我们注意，当另文讨论。从时间上
来看，大乘的起源距提婆达多至少已有几百年的历史，为什么饮
食的禁忌竟如此之相似呢？我们都知道，大乘是对小乘的发展与
反动，而提婆达多则是释迦牟尼的对手。二者间难道还有什么联
系吗？我觉得，这是个非常值得思考探索的问题。

　　还有一个非常有趣的问题。《大唐西域记》卷十一信度国有
一段话：

信度河侧千余里陂泽间，有数百千户，于此宅居，
其性刚烈，唯杀是务，牧牛自活，无所系命。若男若
女，无贵无贱，剃须发，服袈裟，像类苾刍，而行俗
事，专执小见，非斥大乘。闻之耆旧曰：昔此地民庶安
忍，但事凶残，时有罗汉愍其颠坠，为化彼故，乘虚而
来，现大神通，示稀有事，令众信受，渐导言教，诸人
敬悦，愿奉指诲，罗汉知众心顺，为授三归，息其凶

暴，悉断杀生，剃发染衣，恭行法教，年代浸远，世易时移，守善既亏，余风不殄，虽服法衣，尝无戒善，子孙奕世，习以成俗。

这段话引起了许多学者的注意。印度学者高善必写道：

最后这一段引文非常有趣，因为它告诉我们，雅利安人的仍然从事畜牧业的部落的后裔在这条河边上继续干些什么，这一条河是因陀罗"解放"出来的。他们这服装是否是佛教的做法或者是更早时候形成的习惯，这种习惯通过东方的雅利安人而影响了佛陀对服装的选择，这都不清楚；可能是前者。其余的记载则告诉人们，佛教如何已逐渐向着喇嘛教发展，或者已变成一个神学的游戏，这种游戏只限于获得极大利益的野心家。

无论如何，这一段短短的记载提出了许多问题，也可以说是提供了一些线索，我们应该进一步加以研究。

上面是宗教方面的问题。在社会制度方面，玄奘也提出了一些值得研究的情况。比如在第二卷里他写道：

其婆罗门学四吠陀论：一曰寿，谓养生缮性。二曰祠，谓享祭祈祷。三曰平，谓礼仪、占卜、兵法、军阵。四曰术，谓异能、伎数、禁咒、医方。

这同我们平常的说法不同，怎样解释呢？

此外，《大唐西域记》还记了一些当时印度社会里发生的看来不是很重大的事件，但是今天的历史学家看了以后，从中可以看出重大的意义。比如钵逻耶伽国大施场东合流口一天有数百人自沉。高善必认为，当时社会上必然有一部分人甚至是上流社会的人感到不满意，否则就无法解释，为什么这些老一点的人不死在圣河恒河的岸上而死在水中。第二卷关于当时印度刑法的叙述，关于赋税、王田、分地和封邑的叙述，甚至关于蔬菜的叙述：

> 蔬菜则有姜、芥、瓜、瓠、荤陀菜等，葱、蒜虽少，啖食亦希，家有食者，驱令出郭。

高善必都能从里面得出相应的结论。他讲到，当时北印度有许多饮食方面的禁忌（塔布），比如不吃牛肉等，不吃葱蒜等，一直到今天，还没有多少改变。

总之，正如我们上面已经说过的那样，《大唐西域记》提出来的新问题，比已经解决的问题还更要重要，还更有意义。我上面举的仅仅不过只是几个例子而已。

我最近偶尔读到几本关于中世纪印度的书籍，作者都是印度学者。一本是古普塔的《檀丁时代的社会与文化》（Dharmendra Kumar Gupta : *Society and Culture in the Time of Dandin*，新德里，1972 年）。他大量地引证了《大唐西域记》的材料。第二章叫作：《当时的历史透视》，基本上是根据《大唐西域记》的材料写成的。除了这一章以外，在其他章节里，比如《政治理论与国家管理》《社会和经济生活》等等，也经常引用这本书的材料。另一本是乔希的《印度佛教文化之研究》（Lalmani Joshi: *Studies in the Buddhistic Culture of India during the 7th and 8th Centuries A.D.* Delhi, Varanasi, Patna, 1977）。书中也大量地引用了《大唐西域记》的材料。我相信，读这两本比较新的书的人，都会自然而然地就得到一个印象：如果没有《大唐西域记》，这两本书恐怕是难以写成的。像这两部书的书还多得很，这也不过是几个例子而已。

最后一点谈一谈实践的问题。

这一点同上面谈的问题是有联系的。经过了一千多年实践的考验，特别是在最近一百多年内的考验，充分证明《大唐西域记》是有其伟大的意义的。玄奘这个人和他这一部书，对加强中印两国人民的传统友谊和互相学习、互相了解已经起了而且还将继续起不可估量的作用。玄奘的大名，在印度几乎是妇孺皆知，家喻户晓。正如我们在本文开始时写到的：他已经成了中印友好的化身。至于《大唐西域记》这一部书，早已经成了研究印度历史、哲学史、宗教史、文学史等等的瑰宝。我们几乎找不到一本讲印度古代问题而不引用玄奘《大唐西域记》的书。不管作者的观点如何，不管是唯心主义还是唯物主义，都或多或少地引用《大唐西域记》。这部书中有一些资料，是任何其他书中都找不到的。从上个世纪后半叶开始，国外学者就开始注意《大唐西域记》，开始有外文译本出现。现在先将欧洲的译本条列如下：

法文译本：

Julien, S.: *Mémoires sur les contrées occidentales*,

traduits du Sanscrit en Chinois, en I'An 648, par Hiouen-
Thsang, et du Chinoisen Francais. 2 tomes, 1857-8, Paris.

英文译本：

Beal, S : *Si-yu-ki, Buddhist Records of the Western
World*. translated from the Chinese of Hiuen Tsiang
（A.D.629）. 2.Vols.1884, London.

Watters, Th : *On Yuan Chwang's Travels in India*
（629-645A.D.）, edited after his death, by T.W.Rhys
Davids and S.W.Bushell. 2 Vols.1904-5, London.

日文翻译和注释本：

堀谦德《解说西域记》，1912 年，东京。

小野玄妙译《大唐西域记》，《国译一切经》史僧部
一六，1936 年。

足立喜六《大唐西域记之研究》，二册，1942—1943
年，东京。

水谷真成《大唐西域记》，《中国古典文学大系》22，
平凡社，东京，1972 年。

至于研究印度的学者对本书的评价，那简直就是车载斗量，无法
一一抄录。我在这里想从代表各种类型、各种流派的历史学家中

各选一个代表，谈一谈他们对《大唐西域记》的评价，这也就算是一种"优选法"吧。印度史学家罗米拉·塔巴（Romila Thapar）把研究印度史的学者分为许多类型。我就是根据她的类型说来选择的。首先我想选择 20 世纪早期的英国印度史学家斯密士（Vincent Smith），他是代表英国的利益、崇拜英国，又崇拜伟大人物的。他的历史观是英雄史观。他对《大唐西域记》的意见是：

> 印度历史对玄奘欠下的债是绝不会估价过高的。[1]

这是一种类型。

到了本世纪二三十年代，印度蓬蓬勃勃的民族解放运动影响了史学界。这时有一大批印度历史学者出现，他们一反前一阶段的做法，把反对帝国主义、要求民族解放和提高民族自尊心的思想贯穿在史学著作中，最著名的代表之一就是著名历史学家马宗达（R. C. Majumdar），他在《古代印度》（Ancient India）中说：

> 我们记述的有关曷利沙伐弹那的绝大部分事实都来自一个游方僧的惊人的记载，此外，这些记载还给我们描绘了一幅印度当时情况的图画，这种图画是任何地方都找不到的。

马宗达还在孟买印度科学院出版的《印度人民的历史和文化》

---

[1] 意思就是："无论怎样评价也不会过分。"见所著《牛津印度史》（The Oxford History of India），牛津大学，1928 年，页 169。

（*The History and Culture of the Indian People*）第一卷《吠陀时期》
对中国赴印留学的几位高僧法显、玄奘、义净评论说：

> （他们）把自己的经历写成了相当厚的书，这些书
> 有幸都完整地保存了下来，并且译成了英文。三个人都
> 在印度待了许多年，学习了印度语言，法显和玄奘广泛
> 游览，几乎游遍全印。在这些方面，他们比希腊旅行家
> 有无可怀疑的有利之处。

1978 年，印度著名历史学家阿里（Ali）教授的来信中说：

> 如果没有法显、玄奘和马欢的著作，重建印度史是
> 完全不可能的。

这又是一个类型。

至于用马列主义观点研究印度历史的学者，前面引的高善必
就是其中的先驱者和杰出的代表，他应用《大唐西域记》来研究
印度历史，上面已经有了足够的例子，这里不再谈了。

这又是一个类型。

总之，研究印度历史的学者，不管他是哪一国人，不管他代
表哪一种观点，他们都给予《大唐西域记》以极高的评价。上面
几个例子充分可以证明，在上百年的研究印度史的实践中，《大
唐西域记》已经表现出了自己的价值。再引更多的例子完全没有
必要了。

对于玄奘的研究，对于《大唐西域记》的研究，尽管在中国和全世界范围内已经进行了很多年，也已取得了很大的成绩；但是我总感觉到，好像方才开始。要想用科学的观点实事求是地研究印度史，研究中印文化关系史，首先必须占有资料，像《大唐西域记》这样的资料堪称其中瑰宝。正如我上面已经说到的那样，书中的许多问题还没有解决。我上面这些不成熟的意见，只能看作是初步尝试。引玉抛砖，敢请以我为始；发扬光大，尚有待于来者。

1980 年 4 月 27 日校毕

原始社会风俗残余

——关于妓女祷雨的问题

读张至善同志编译的阿里·阿克巴尔的《中国纪行》(*Khatāy Nāmih*)的第十一章:《妓院和妓女》,讲到官员犯了罪,本人斩首,儿子充军,妻女贬入妓院。妓女除了供人寻欢取乐以外,还有另一个职务:为公众祷雨。如果久旱不雨,官员启奏皇帝,皇帝就命令妓女祷雨。奉派祷雨的妓女不准申诉。她们要同所有的相识者诀别,并留下遗言,因为求不下雨来,统统斩首。祷雨的做法是:妓女分组坐下,唱歌,奏乐;然后一组人起来,在十二个地点跳舞,并做出一些奇怪的表演;一组演完,退出,另一组进来,在菩萨面前跳舞,演戏。她们敲打着自己的脑袋,痛哭流涕。这样轮流表演很长的时间,一个个担心自己的性命,不吃,不睡,不休息,不论白天、黑夜,发出令人心碎的哭声。巫人说:伤心的眼泪能带来雨水。碰巧下了雨,她们都高兴。否则,天不下雨,发生了饥馑,几千名妓女都被杀头。

《中国纪行》写于回历 922 年，公历 1516 年，明朝正德十一年。书中讲的情况可能是中国元代或明代前期的情况。这种利用妓女求雨的办法，以我孤陋，在中国史籍中还没有读到过。但是，我认为，阿里·阿克巴尔的记载可能是真实的情况。

　　怎样来解释这种情况呢？

　　我首先想到了印度。印度有一个鹿角仙人（Ṛṣyaśṛṅga）或独角仙人（Ekaśṛṅga）的故事，内容主要就是利用妓女来祈祷下雨。这个故事在印度传播得非常广泛，两大史诗中都有这个故事。我现在把《罗摩衍那》的故事简要地介绍一下。十车王统治天下，无子，举行马祠，祈求生子。大臣苏曼多罗向他建议，把鹿角仙人请来主持大祭。原来鹿角仙人是一个仙人的儿子：

> 鹿角仙人住在森林中，
>
> 虔修苦行，学习吠陀。
>
> 他不懂得女人的幸福，
>
> 也不懂得感官享乐。
>
> 　　　　　　（1.9.3）（《童年篇》）

国王于是派妓女到山林里引诱鹿角仙人。鹿角仙人不懂得什么叫女人，只觉得她们美丽、可爱。妓女们请他吃果子，他请妓女们到自己的净修林里去。最后他终于被她们诱出山林：

> 这高贵尊严的婆罗门，
>
> 被她们引诱走了以后，

天老爷立刻就下了雨，

全世界都精神抖擞。

（1.9.28）

在这里，关键是下雨。实际上，从故事的内容来看，国王求子行祭，与下雨毫不相干。但是，为什么竟有了下雨这个内容呢？看了我下面的叙述与分析，其理自明，我在这里不再细谈。《罗摩衍那》里的这一个鹿角仙人的故事，看起来同中国的利用妓女祷雨的办法没有多大关联；但是中国办法中的两个重要成分这里都有：一个是求雨，一个是妓女，这就不能不引起人们的注意而把二者联系在一起了。

同我要在这里探讨的问题有更密切的联系的是佛教文献中出现的独角仙人的故事。玄奘在《大唐西域记》中也记载了这个故事：

> 仙庐西北行百余里，越一小山，至大山。山南有伽蓝，僧徒鲜少，并学大乘。其侧窣堵波，无忧王之所建也。昔独角仙人所居之处。仙人为淫女诱乱，退失神通，淫女乃驾其肩而还城邑。（卷二）

这大概是玄奘在跋虏沙亲耳听到的。只是这里没有提到求雨。这可能是另一种说法，也可能是因为他只写了三句话，语焉不详。

在其他佛典中，这个故事大量出现。我首先想谈一谈巴利文《本生经》。本书的第 523 和 526 两个故事，内容基本相同，讲的都是鹿角仙人（Isisiṅga），等于梵文的（Ṛṣyaśṛṅga）。第523内容大概是这样的：梵授王治世。一匹母鹿喝了其中含有一个婆罗门小便中精液的水，怀了孕，生下了一个儿子。婆罗门收养了他，起名叫鹿角。老婆罗门死后升天。鹿角仙人禅定潜修，天帝释害了怕，怕失掉自己的宝座，派天女阿兰补沙（Alambusā），下凡来破坏鹿角的道行。她来到苦行林里，她的美丽激动了仙人的心，同她干了"不圣洁的事情"，结果坏了道行。天帝释保住了宝座，乐不可支。值得注意的是，这里没有谈到求雨。第526前一半与第523完全一样。不同之处在于：天帝释害怕之后，想出了一条妙计，他三年不在迦湿国下雨。结果全国大旱。国王持斋，仍然无雨。天帝释在半夜里来到王宫，告诉国王，不下雨的祸首罪魁是鹿角仙人，只要派国王的女儿那里尼迦（Naḷinikā）去引诱仙人，同仙人干"不能用言辞来表达的事"（指性交），就能够下雨。于是公主冒充女苦行人来到山林，企图引诱从来没有见过女人的仙人。仙人终于上了钩。天帝释大乐，立即降雨。这个故事同第523不完全相同。最重要的区别是，这里谈到了求雨。因此，简单地说第526是第523的复本，是不正确的。

我现在再谈一谈用佛教梵文或混合梵文写成的《大事》。在这一部书里有独角仙人的故事。内容大体如下：仙人迦叶波小解，尿中含有精液。母鹿饮之，怀孕生子。仙人收养了他，起名叶独角。此时，迦湿国王无子，行祭求子。但无效。国王听到独角仙人的名字，想把女儿那里尼（Nalinī）嫁给他，一箭双雕，既可得到一个女婿，又可得到一个儿子。于是那里尼进入山林。独角吃了公主带来的糖果，吃所未吃，大喜过望。公主邀请独角到自己的棚子里来。他终于爱上了她。公主回城以后，独角朝思暮想，不再汲水拾柴，老仙人告诉他说，她不是年轻的苦行者，而是年轻的女人。后来国王又派女儿回来，设计把独角诱拐出山。这个故事讲到求子，与《罗摩衍那》的故事相同。但是最值得注意的是，这故事同《本生经》第523一样没有讲到求雨。看来在佛典中，鹿角仙人或独角仙人的故事，分为两大体系：一个有求雨的情节，一个没有。至于为什么分成这样两大体系，原因我目前还不清楚，我也不想去加以探讨。我最感兴趣的是妓女与求雨相结合的情节，我现在着重探讨的也是这个情节，其余的问题暂且不谈了。

在中国，在西藏文译的佛典《甘珠尔》中有独角仙人的故事，我在这里不谈。我只想谈一谈汉译佛典中的这一个故事。

《佛本行集经》，十六：

> 又复往昔，有一仙人，名为独角仙人之子，生小已来，未经欲事。当于彼时，有一淫女，名曰商多，隋言寂定（Śantā），诳惑彼仙，遂令失禅及五神通。

《佛所行赞》，一：

> 胜渠仙人子（Ṛṣyaśṛṅga-Munisuta）
> 习欲随浊流

《大智度论》，十七：

过去久远世时，婆罗㮈国山中有仙人，仲春小便，精液流盘中，麀鹿饮之，怀孕生子，头上长一角。仙人收养了他。此后，一角仙人诅咒。天久不雨，五谷五果尽皆不生。婆罗㮈国王听了大臣的劝告，令淫女扇陀（即《佛本行集经》的商多——羡林按）到山中去引诱一角仙人。她先把果子送给他吃，又留他住下洗澡。"女手柔软，触之心动，便复与诸美女，更互相洗。欲心转生，遂成淫事，即失神通。天为大雨，七日七夜。"最后淫女骑在一角仙人脖子上，回了城。

上面引用了三个汉译佛典，其中一、二没有求雨的情节，属于第二体系；三有求雨的情节，属于第一体系。

在印度，这个故事不但出现在史诗和佛典中，而且还出现在古典梵文文学和佛教艺术浮雕中，比如 *Daśakvmāracarita*, ed. *Bühler*，P.41ff.；Hemacandra, *Sthavirāual Tcarita*，I.p.90ff.：*Padmapurāna*；*Bharatama njarī*；*Skandhapurāna* 等等。关于浮雕，参阅 Bharhut StūPa, *Cunningham* p1. XXVI；Fergusson, *Tree and Serpent Worship* p1.L XXVI 等等。在印度以外，在一些世界著名的寓言故事集中也可以找到这个故事，比如 *Rabalais* Ⅱ.Cap.15（Pantagruel）；*Le Fontaine*，ed.Regnier Ⅴ（1889）376；*Barlaam and Josaphat* 等等。由此可见这个故事在世界上流传之广了。

我在上面讲了中国明代（或元代）利用妓女求雨的情况，讲了印度古代文献中和浮雕上的鹿角仙人或独角仙人被淫女引诱的故事，还谈到世界上一些最著名的寓言故事集中类似的故事。我着重讲了汉译佛典中的这个故事，因为我觉得，中国的妓女求雨故事与汉译佛典中的故事，蛛丝马迹有密切的联系。我的想法是，这种利用妓女祷雨的办法不会是中国的发明创造，而是有所因袭，有所模仿，而因袭、模仿的对象就是印度。印度的佛典传入中国，这个故事跟着佛典传了进来，这是顺理成章的。至于有否中国影响印度的可能，现在还没有证据支持这种看法。但是，我并不认为，汉译佛典是传播这个故事的唯一途径。既然这个故事在世界上流传这样广，而又不是通过佛教，中国何独不然呢？通过其他途径不是没有可能。印度寓言故事传遍全世界，这是世界各国绝大多数学者所公认的。这种传播在大多数情况下不是通过佛教，也是大家所公认的。但是，话又说回来，既然佛典传入中国，而佛典中又确实有这个故事，说它是通过佛教传入中国，一直影响了明代（或元代）妓女求雨的办法，则又绝非无稽之谈了。

我在这里还想进一步大胆地解释一下，为什么在中国、在印度、在世界上其他的地方妓女会同求雨的活动密切地联系起来？研究原始宗教的学者们告诉我们，最原始的农业总与巫术有关。R. Briffault 写道："所有的没有开化的人们都认为，种植技术比起其他的活动来更依赖于巫术力量和行动，而不依赖于技巧和人力。"他列举了许多例证，比如说，Peublo 印第安人看到欧洲移民种玉米而不举行宗教仪式，大为吃惊。在北婆罗洲，在南非，在古代墨西哥等等地方，一种植什么东西，总要伴之以宗教仪式。D. Chattopadhyaya 又从印度部落中举出了一些类似的例子，比如豁人（Ho）、山塔尔人（Santal）等等都有类似的风俗。连《利论》（*Arthaśāstra*）和吠陀文献中都能找出类似的记载。

值得我们特别注意的是，农业巫术从它的起源来看是属于妇女的本分职业的。因为密宗（Tantrism）起源于农业宗教仪式，所以密宗的仪式最初只有妇女参加。雨对于农业是绝对不可缺少的。而求雨的巫术也完全是妇女，特别是女巫干的事。许多文明古国中都可以找到这样的记载。在中国古代，女巫也起过作用。

我们现在要研究的是，为什么妇女总是同农业，其中也包括求雨的活动，有密切的联系呢？我认为，其中有两个原因：一个是人类最早的劳动分工，有一段时间是妇女管农业，男子管狩猎；另一个是同原始人类的信仰或者迷信有关。原始人类对大自然了解得非常少，甚至毫无了解。他们从妇女能生小孩这个现象观察起，相信人类的丰饶多产，特别是妇女的丰饶多产，与大自然的丰饶多产属于同一个范畴。换句话说，他们把人类的再生产和农业的生产联系在一起了。他们相信，二者加以模仿，就能产生影响。弗雷泽（Frazer）说，原始人类把人类再生产自己的族类的过程同植物起同样作用的过程混淆起来了：他们幻想，只要利用前者，就能促进后者。在这样的情况下，原始人把农业生产和为农业而求雨统统同妇女联系起来，也就完全可以理解了。这种原始风俗之所以能流行全世界同样能完全理解了。

写到这里，中国、印度还有其他国家利用妓女求雨这种活动的根源是在原始迷信中，已经是清清楚楚的了。最初这个任务要由女巫去完成。到了后代，女巫没有了，就转到了妓女身上。《中国纪行》中描绘的妓女的活动实际上就是原始巫术的继承。她们分组坐下，唱歌、奏乐，这同巫术没有什么区别。所谓"奇怪的表演"，不就是古代巫婆们的捣鬼的行为吗？《罗摩衍那》中，佛典中只讲到利用妓女祷雨，而且编造了鹿角仙人或独角仙人的故事，而没有讲到唱歌、奏乐、"奇怪的表演"等等。大概是由于演变过多、过久，已经有点数典忘祖了吧。

1985 年 6 月 7 日

为考证辩诬

考证，也叫作考据。在清代，义理、词章、考据被认为是三个独立又互相联系的学科。有的学者专门从事一门学科的研究，有的学者也能从事两门学科的探讨，或者三门学科都兼容并包。据我所知道的，当时好像没有什么人对这种三分法说三道四，或者对其中一门加以挑剔。大家好像都认为，事情本来就是这个样子。

到了本世纪二十年代，情况却有了变化。胡适大力提倡考据工作，引起了纷纷的议论与责难。一直到解放后，每次对胡适进行所谓批判，都有人主张，胡适之所以提倡考据是为了引导青年钻入故纸堆中，脱离当前的斗争，从而防止共产主义在中国的传播与发展。天下翕然从之，从来没有什么人提出异议。我对于这种说法一直持怀疑态度。胡适不赞成共产主义，这是事实，是谁也否认不掉的。但是，为了反对共产主义，就提倡考据，天下能有这种笨伯吗？有什么理由说，搞考据的人就一定反对共产主义呢？有什么理由说，搞考据的人就一定没有时间和兴致来从事共产主义的宣传呢？事实也并不是这样。有一些老革命家曾长年从事考据工作。可见考据工作与共产主义并不是水火不相容的。还有一个与此类似的说法，我也深为怀疑。有不少人说，清代乾嘉时代考据之风大盛，与清代统治者大力倡导有关。而从事考据工作的学者们，也想通过这种工作来避免文字狱之类的灾难。我个人觉得，这种逻辑非常滑稽。如果统治者真想搞文字狱，欲加之罪，何患无辞？难道考据就能成为躲开文字狱的避风港吗？

然而，以上两种说法却流行开来，而且占了垄断的地位，于是沸沸扬扬，波及全国，揭批判之大旗，震挞伐之天声，考据工作好像真成了革命之大敌。一些革命者，为了显示自己的革命性，一有机会，总要刺上几枪。一直到今天，流风未息，大有谈考据而色变之概了。

我个人觉得，对考据工作既用不着大捧特捧，也用不着大张挞伐。这种工作实际上是非常平常而又非做不可的。稍微搞点科学研究工作的人，特别是搞与古代典籍有关的研究工作的，都有一种经验:首先要积累资料，这种积累是"韩信将兵，多多益善"。马克思主义告诉我们的也不外是这一层意思。但是，资料光多还不行，它还必须正确可靠，而不正确不可靠的资料却比比皆是。如果对资料不加鉴别，一视同仁，则从不正确不可靠的资料中得出来的结论绝对不会正确可靠，这一点连小孩子都会知道。检验资料可靠不可靠的手段颇多，其中最重要的就是考证。因此，考据工作不是可有可无，而是非有不可。在提倡假、大、空的时代中是用不着考据的。反正是"以论带史"，或者"以论代史"。

226

"论"已经有了，只需寻求证据加以肯定，加以阐释，工作就算是完成了。至于资料可不可靠，那是无关紧要的，最重要的是"论"。如果发现资料与"论"不相符合，那就丢车保帅，把资料丢弃，或者加以歪曲，只要帅能保得住，就猗欤盛哉，天下太平了。我从来不反对论，论是非常必要的；但这种论必须真正反映客观规律，而这种真正反映客观规律的论只能从正确可靠的资料中才能抽绎出来，考据工作正是保证资料的正确与可靠所不能缺少的。

现在还有一种反对所谓烦琐考证的论调。我并不赞成搞烦琐考据。但是，我必须指出一点来：搞不搞烦琐考证，要视需要而定，不能笼统地加以否定，更不能不分青红皂白而口诛笔伐。搞过考据工作的恐怕都有一种经验：考据往往难免烦琐，大而化之搞考据，是绝不会搞出什么名堂来的。只要烦琐没有超过需要的范围，我看是应该允许的。

总之，我只是想说：对于考据工作和所谓烦琐考证，要平心静气地进行分析，既不必大声疾呼加以提倡，也不必义形于色横加指责。那种过分夸大考据工作作用的论调，如"发现一个字的古音，等于发现一个行星"等等，也为我所不取。

1987 年 11 月 18 日

再谈考证

不久以前，我在本刊上发表了一篇短文:《为考证辩诬》，目的是想为清代考证之学说几句话，顺便发泄一点对当前理论界的不满。在文中我讲到，我不同意多少年来流行的说法，说清代考证之学之兴与清代统治者大兴文字之狱有关。我个人认为，这种说法有点教条主义的味道，是一种形而上学，与我们几十年来在理论方面的教条主义有关。

这引起了王武子先生不同的意见。他的文章已经发表在本刊1988年第8期上。王先生的文章对我有启发。但是他把考证之学与文字狱联系在一起的传统的说法，并不全面，不准确，仍然不足以服我。因此我再申论一下。

我在上一篇文章里已经谈过，如果清代的文人学士只是想逃避文字之狱的话，他们不一定专门从事考证之学，其他离文字较远的学科都可以搞，甚至任何学科都不搞也可以。欲加之罪，何患无辞，古有明训。考证之学绝不能成为他们的避风港。有一点，我在那篇短文里没有点明：清代考证之学之兴是由中国学术历史的发展规律促成的，是由内因决定的，而不是文字狱等外因。

想证明这一点，用不着旁征博引，只需根据梁启超的《清代学术概论》一书，稍加申述，就完全够了。我不敢说，梁的论点是百分之百的准确、完善；但是持之有故，言之成理的。他首先讲到时代思潮，他说："其在我国自秦以后，确能成为时代的思潮者，则汉之经学，隋唐之佛学，宋及明之理学，清之考证学，四者而已。"他的意思是说，考证之学是中国几千年的学术史上时代思潮之一。如果承认这个观点，则应该从宏观方面看待这个问题，不能囿于有清一代的文字狱等。

梁启超对于这个问题又进一步进行了论证。他认为，在中国学术史上，"学派上之'主智'与'主意'，'唯物'与'唯心'，'实验'与'冥证'，每迭为循环。大抵甲派至全盛时必有流弊，有流弊斯有反动，而乙派与之代兴。乙派之由盛而弊，而反动亦然……唐代佛学极昌之后，宋儒采之，以建设一种'儒表佛里'的新哲学，至明而全盛"。全盛之后，流弊斯出。梁启超把这种流弊归结为两点：一曰遏抑创造，二曰奖励虚伪。清学起而矫之。他说："清学之出发点，在对于宋、明理学一大反动。"极简略地说，梁启超就是这样解释清学之兴的，而清学的代表就是考证之学。我觉得，这样从学术发展规律上来说明清代考证产生的原因，理由是充足的，是能够说服人的。

梁启超又把每一个思潮之流划分为四个时期：一、启蒙期；二、全盛期；三、蜕分期；四、衰落期。把这四个时期的分法应用到清代思潮上，他认为启蒙期的代表人物是顾炎武、胡渭、阎若璩；全盛期的代表人物是惠栋、戴震、段玉裁、王念孙、王引之。至于蜕分期与衰落期与我现在要谈的问题无关，这里不谈了。在第一、二两期中，梁启超又把全盛期的代表人物名之为正统派。他说："正统派则为考证而考证，为经学而治经学。""其治学之根本方法，在'实事求是'，'无征不信'。其研究范围，以经学为中心，而衍及小学、音韵、史学、天算、水地、典章制度、金石、校勘、辑佚，等等。而引论取材，多极于两汉，故亦有'汉学'之目。"梁启超在这里讲的就是清代考据学的基本方法和基本内容。

我在上面只是非常简略地介绍了一下梁启超对于清代考证的论述。读者倘有兴趣，可以自己去读他的原著，我不再介绍了。总之，我认为，梁启超的看法是可信的。因此，清代考证之学的兴起是中国学术发展的内因所决定，与文字狱之类的外因无关。这就是我的看法。

1988 年 6 月 9 日

关于神韵

在中国文学批评理论中，神韵是一个异常重要的词儿，一个异常重要的概念。无论是谈诗、论画，还是评品书法，都离不开它。从六朝以来，文人学士不断地使用这个词儿。与这个词儿有密切联系、有时候甚至难以区分的词儿，还有气韵、神等等，含义都差不多。

南齐谢赫的《古画品录》中，在评品顾骏之的画时，说："神韵气力，不逮前贤；精微谨细，有过往哲。"唐张彦远的《历代名画记》中说："至于鬼神人物，有生动之可状，须神韵而后全。"此后历代都有人谈到神韵。比如苏轼、胡应麟、王夫之、王士祯、翁方纲等等。讲气韵的有谢赫的"气韵生动"，《扪虱新语》的"文章以气韵为主"等等。讲神的有《沧浪诗话》的"入神"等等。"神韵"一词儿，除了应用于文章、艺术等方面外，也用来评论人物，比如《宋书·王敬弘传》：敬弘"神韵冲简，识宇标峻"。

尽管"神韵"这个词儿应用相当广,时间相当长,但是到了清初王士禛笔下,它才具有比较固定的含义。王士禛是中国文学批评史上有名的"神韵说"的倡导者。由于他在诗坛上崇高的地位,他的"神韵说"影响广被,俨然成为诗艺理论的大宗。在这样的情况下,王士禛谈论神韵的时候就非常多。我在下面节引几条,详细情况请参阅敏泽和其他中国文学批评史学者的著作。

《带经堂诗话》卷三:

> 神韵二字,予向论诗,首为学人拈出,不知先见于此。
>
> 唐人五言绝句,往往入禅,有得意忘言之妙。
>
> 表圣论诗,有二十四品。予最喜"不着一字,尽得风流"八字。

同上书,卷四:

> 严沧浪论诗云:"盛唐诸人,唯在兴趣,羚羊挂角,无迹可求,透彻玲珑,不可凑泊,如空中之音,相中之色,水中之月,镜中之像,言有尽而意无穷。"

同上书,卷二:

> 严沧浪《诗话》借禅喻诗,归于"妙悟"二字,及所云"不涉理路,不落言筌",又"镜中之像,水中之月,

羚羊挂角，无迹可寻"云云，皆发前人未发之秘。

上面引的这几条，可以说明王士禛对神韵的理解。他一再强调以禅喻诗，强调镜中之像，水中之月，羚羊挂角，无迹可寻，不著一字，尽得风流，等等。他是利用形象的说法，比喻的说法，来阐明他对神韵的理解。

我在这里还必须加上几句。钱钟书引《沧浪诗话》："其（诗）大概有二：优游不迫、沉着痛快。诗之极致有一：曰入神。诗而入神，至矣尽矣，蔑以加矣。惟李杜得之。"他接着说："可见神韵非诗品中之一品，而为各品之恰到好处，尽善尽美。"在严沧浪眼中，李杜有李杜的神韵，王韦有王韦的神韵。但是王士禛出于自己的爱好，抑前者而扬后者，把沧浪的神韵尽归后者。此事翁方纲已经指出来过。在《复初斋文集》卷八，《神韵论》中说："其实神韵无所不该……有于实际见神韵者，亦有于虚处见神韵者，有于高古浑朴见神韵者，亦有于情致见神韵者。"王士禛的理解，钱钟书说是"误解"。我个人认为，说是曲解，或者更切近事实。王渔洋喜欢优游不迫的诗，他自己的创作也属于这一类；他不喜欢沉着痛快的诗。这完全是个人爱好，未可厚非。但是他却根据自己的爱好，创立神韵说。他就不得不曲解严沧浪的说法，以偏概全。不过，王士禛的做法也有历史渊源。钱钟书引明末陆时雍的说法，隐承沧浪，而于李杜皆致不满。就属于这一类。

历代关于神韵的说法就介绍到这里。尽管许多文人学士，特别是倡导神韵说的王士禛发表了这样多的看法，神韵的含义是否弄清楚了？别人不知道，我自己是并不清楚的。我越看越不清楚，只觉得眼前一片朦胧，一团模糊。那许多形象的说法、比喻的说法，当然给了我一些生动的印象；可是仔细一想，仍然不知道神韵究竟是什么东西。我自己仿佛也在参禅，越参越模糊，最终是羚羊挂角，无迹可求。我自知是钝根，不敢期望顿悟。

神韵真如神龙，令人见首不见尾，或者首尾皆不能见。难道我们真没有法子弄明白了吗？事实上，中国所有讲神韵的书籍和文章，不管是古还是今，没有哪一个说明白了的。连倡导神韵说的王士禛也不例外。我不是研究文艺理论的专家，不过多少年来对此问题也颇感兴趣，我也曾思考过，探索过。我现在想尝试着走一条过去从没有人走过的路，我想利用印度的古典文艺理论来解释一下神韵的含义。知我罪我，自有解人；始作俑者，所不敢辞。

印度文艺理论研究有悠久的历史，在世界上独成体系。公元9世纪至10世纪是发展的鼎盛时期，也可以说是开创新局面的时期，是一个转折点，一个新纪元。9世纪出了一位欢增（Ānandavardhana）。他的名著《韵光》（Dhvanyāloka），把语法学家、逻辑学家和哲学家的分析运用到诗的词和义（形式和内容）的分析上来。10世纪出了一位新护（Abhinavagupta）。他的名著《韵光注》和《舞论注》，继承和发展了欢增的理论。他们的理论以韵论和味论为核心，展开了一系列的独辟蹊径的探讨，从注重词转而为注重义，打破了以前注重修辞手段的理论传统，创立了新的"诗的灵魂"的理论，也就是暗示的韵的理论。

这个理论的轮廓大体如下。词汇有三重功能，能表达三重意义：

一	表示功能	表示义（字面义，本义）
二	指示功能	指示义（引申义，转义）
三	暗示功能	暗示义（领会义）

以上三个系列又可以分为两大类：说出来的，包括一和二；没有说出来的，包括三，在一和二也就是表示功能和指示功能耗尽了表达能力之后，暗示功能发挥作用。这种暗示就是他们所谓的"韵"。《韵光》第一章说：

> 可是领会义，在伟大诗人的语言（诗）中，却是〔另外一种〕不同的东西；这显然是在大家都知道的肢体（成分）以外的〔不同的东西〕，正像女人中的（身上的）美一样。

这种暗示功能、暗示义（领会义）有赖于读者的理解力和想象力，可能因人而异，甚至因时因地而异，读者的理解力和想象力在这里有极大的能动性，海阔凭鱼跃，天高任鸟飞，这也许就是产生美感的原因。这种暗示就是这一批文艺理论家的所谓"韵"（dhvani）。在审美活动过程中，审美主体的主观能动性发挥得越大，他就越容易感到审美客体美。这就是"韵"的奇妙作用。韵是诗的灵魂。他们举出的例子是："恒河上茅屋。"表示义是："恒河上。"指示义或引申义是："恒河岸上。"暗示义是"凉爽""圣洁"，因为恒河是圣河，恒河上茅屋是修道人所居之处。他们把诗分为三个层次：第一，真诗，以没有说出来的东西也就是暗示的东西为主；第二，价值次一等的诗，没有说出来的只占次要地位，只是为了装饰已经说出来的东西；第三，没有价值的诗，把一切重点都放在华丽语言上，放在雕琢堆砌上。在这里，可以说是层次分明，没有说出来的暗示的东西，其价值超过说出来的东西，在说出来的东西中辞藻雕饰最无价值。

我在这里想顺便补充上几句。在中国文艺理论发展史上，也有一派学说反对六朝一味追求辞藻华丽、如七宝楼台的那一种文体，而主张返璞归真。这种理论可以同印度的韵论互相参证。王静安隔与不隔的学说在精神上也有与此相通之处，耐人寻味。

在印度影响深远的韵论，内容大体上就是这个样子。我觉得，从这极其简略的介绍中也可以看出，中国难以理解的神韵就等于印度的韵。中国的神韵论就等于印度的韵论。只因中国的文艺理论家不大擅长分析，说不出个明确的道理，只能反反复复地用一些形象的说法来勉强表达自己的看法，结果就成了迷离模糊的一团。一经采用印度的分析方法，则豁然开朗，真相大白了。

我现在再进一步比较具体地分析一下中国那些用来说明神韵的词句。"不着一字，尽得风流。"字是说出来的东西，不着一字就是没有说出来，因此才尽得风流。"羚羊挂角，无迹可求。"羚羊挂角，地上没有痕迹，意味着什么也没有说出。"空中之音，相中之色，水中之月，镜中之像。"每一句包含着两种东西，前者是具体的，说出来的，后者是抽象的，没有说出来的，捉摸不定的，后者美于前者，后者是神韵之所在。"言有尽而意无穷。"

言是说出来的，意是没有说出来的。"得意忘言。"与前句相同。神韵不在言而在意。此外，还有什么"蕴藉""含蓄"等等，无不表示同样的意思。那一些被神韵家推崇的诗句，比如"兴阑啼鸟尽，坐久落花多"等等，这些诗句当然表达一种情景，但妙处不在这情景本身，而在这情景所暗示的东西，比如绝对的幽静，人与花鸟，物与我一体等等。这些都是没有说出来的东西，这就叫神韵。《沧浪诗话》中说："不涉理路，不落言筌者，上也。"这些都是在理路和言筌之外的，所以才能是"上也"。

至于王渔洋所特别推崇的以禅喻诗的做法，也同样可以用印度的韵论来解释。在中国禅宗史上，几乎所有的大师在说法和行动中，都不直接地把想要说的意思表达出来，而是用一声断喝，或者当头一棒，或者说一些"干屎橛"一类的介于可解与不可解之间的话，来做出暗示，让自己的学生来参悟。在这里，关键在于听者或受者，老师说出来的或者做出来的，只是表面现象。没有说出来的或做出来的才是核心，才是精神，这样的核心和精神需要学生自己去顿悟。断喝一声有大道，一句"干屎橛"中有真理，这很有点像诗的神韵。王渔洋等之所以喜欢以禅喻诗，道理就在这里。

用印度文艺理论帮助解释中国文艺理论中的一些问题，我的尝试就截止在这里。最近几年，只要有机会，我就宣传，学习文艺理论要学四个方面：马克思主义文艺理论，中国文艺理论，印度文艺理论，自古代希腊一直到现代的欧美文艺理论。我虽然大声疾呼，但是从来没有举出一个例证。现在我举了一个有关神韵的例子。我希望，这一个小小的例子能够说明，四个方面的文艺理论之间，确实存在着不少可以互相参证的东西。我也希望，过去可能认为我那种说法难以理解的文艺理论工作者，现在承认我的想法并非胡思乱想。能达到这一步，我也就满足了。

但是，对于问题的探讨还不能到此为止，还有个别问题须要加以研究。韵的理论，暗示的理论，本来是属于意义范畴的，为什么中国用"韵"字，印度用"dhvani"这两个都属于声音范畴的词儿来表达呢？又为什么中国同印度没有事前协商竟都用表达"韵"的含义的声音符号来表达呢？中国古人说过："人同此心，心同此理。"在这里这个"理"究竟何在呢？

在印度，我们译为"韵"的那个字 dhvani，来源于动词根 vdhvan，意思是"发出声音"，后来演变为"暗示"。因为，正如我在上面已经谈到的那样，印度"韵"的理论家把分析语法、分析声音的办法应用到分析文艺理论概念上来，所以，他们使用 dhvani 这个词儿，还是沾边的，还是可以理解的。但是，一到中国，似乎就有点难以理解了。汉文"韵"字，从形体结构上来看，从偏旁"音"来看，它是表示声音的，与意义无关，至少关系不大。《文心雕龙》卷七《声律》第三十三："异音相从谓之和，同声相应谓之韵。"《文镜秘府·四声论》引作："异音相慎（顺）谓之和，同声相应谓之韵。"范文澜《文心雕龙注》说："异音相从谓之和，指句内双声叠韵及平仄之和调；同声相应谓之韵，指句末所用之韵。"总之，"和"与"韵"都指声音之和谐。和谐同"美"有联系，所以"韵"字也有"美"的意思，"好"的意思，"风雅"的意思。《世说新语》："道人蓄马不韵"，可以为证。用"韵"字组成的复合词很多，比如"韵宇""韵度""韵事""风

238

韵""韵致"等等，都离不开上面说的这几种意思。我个人以为，其原因就在于用声音表示"和谐"这个概念，最为具体，最容易了解。我们现在讲的"神韵"，也可以归入这一类词汇。

中印两国同样都用"韵"字来表示没有说出的东西、无法说出的东西、暗示的东西。这是相同的一面。但是，在印度，"dhvani"这个字的含义，从"韵"发展到了"暗示"。而在中国，"韵"这个字，虽然也能表示无法说出的东西，同"神"字联在一起能表示"暗示"的含义，却从来没有发展到直截了当地表示"暗示"的程度。这是不同的一面，我们必须细心注意。

我还想再进一步探讨一个问题，多少年来，我就注意到一个现象：中西书名的命名原则很不相同。书名诚小道，但小中可以见大，所以仍有探讨的必要。而且命名原则与我正在讨论的神韵问题颇有相通之处，因此就更有探讨的必要了。

关于欧洲的书名，我只从古代希腊罗马时期举出几个来，以概其余。公元前 4 世纪，亚里士多德有《诗学》《修辞学》等书。公元前 1 世纪，贺拉斯有《论诗艺》。公元 3 世纪，朗吉驽斯有《论崇高》。同一世纪，普洛丁有《九部书》。4、5 世纪，圣奥古斯丁有《论美与适合》。这些书名都朴素无华，书的内容是什么，书名就叫什么，没有藻饰，没有任何花样。而中国却不尽然。我们有什么《文心雕龙》，有什么《法苑珠林》《文苑英华》，到了后来又有什么《杜诗镜诠》，有什么《艺舟双楫》，等等，等等，花样多得很，这些书名花里胡哨，形象生动、灿烂。它们与内容有联系，但有时候又让人猜不出内容究竟是什么，这情况同欧洲形成了鲜明的对比。

印度怎样呢？从文化源流来看，印度文化至少有一部分应该与欧洲雅利安文化相同或者相似。可是，我在上面讲到，印度的文艺理论韵论同中国的神韵如出一辙，而在欧美则颇难找到主张只有没有说出来的东西，只有暗示才是诗的灵魂的说法。现在，我讲到书名，印度的命名原则又与中国有惊人的相似之处，真不能不发人深思了。我先举几个例子。7世纪的檀丁有《诗镜》，12世纪的罗摩月和德月有《舞镜》，14世纪的毗首那他有《文镜》。用"镜"字来命书名的做法，立刻就让我们想到中国的《杜诗镜诠》《格致镜原》一类的书名。13世纪的沙罗达多那耶有《情光》，胜天有《月光》，都用"光"字来命名。15世纪的般努达多有《味河》，17世纪的世主有《味海》，还有著名的《故事海》等等，都用"河""海"等字眼来命书名。至于用"花鬘""花簇"等字眼命名的书，更是车载斗量，比如安主的《婆罗多花簇》《罗摩衍那花簇》《大故事花簇》，还有般努达多的《味花簇》等等。类似这样的例子还很多，我们不一一列举了。

怎样来解释中国和印度这样的书名呢？我认为，也同样用韵的理论、神韵的理论、暗示的理论。我以上举出的这许多书名也同样可以分解为两个部分：说出来的和没有说出来的。镜、光、河、海、花鬘、花簇、苑、珠、林、楫等等，都是说出来的东西，实有的具体的东西。它们之所以被用来命书名，实际上与这些具体的东西无关，而只是利用它们所暗示的东西，也就是没有说出来的东西。镜、光喻明亮。河、海喻深广。花簇、花鬘喻花团锦簇。苑喻辽阔。珠喻光彩。林喻深邃。楫喻推动能力，如此等等，后者都是暗示的含义。这同我在上面讲的韵的理论不是完全一模一样吗!

至于为什么中印两国在这些方面完全相同，而与欧洲迥异，我目前还无法解释。我多年以来就考虑一个问题：从宏观方面来看，中印文化似同属于一个大体系，东方文化体系，与西方文化体系相抗衡。中印文化相同之处，有的出自互相学习，有的则不一定。兹事体大，目前只好先存而不论了。

1988 年 9 月 14 日

羡林按：

此文付排后，接香港中文大学饶宗颐教授函。他对拙文提了几点意见，我觉得很有启发，现节录原信附在这里："汉土'神韵'一词，见于谢赫《古画品录》……似先取以论画，其实晋世品藻人物，屡用天韵、性韵、风韵一类词语。神韵亦然，本以论人，继以论画，复借以论诗耳。未知然否？"

他们把美学从太虚幻境拉到了地面上

我不是美学家，但是喜欢读美学的书。事实上，在过去几十年内，我读的美学书确实不算少，古今中外都有。读的结果怎样呢？并不高明。我的脑筋成了跑马场，让许多中外美学家在那里驰骋。而我自己呢，则仿佛坐在下界听美学家们在太虚幻境里相互问难，驳斥对方。各自祭起法宝——术语，投向对方。可是谁也打不着谁。下风逖听，声音嘹亮；仔细听去，介于懂与不懂之间。

我无意责怪美学家们。美这玩意儿确实是存在的，不但看得见，听得出，而且似乎也摸得着，但是却说不出。因此，仁者见仁，智者见智，就是不可避免的了。真正的美，绝对的美，似乎只存在于柏拉图的理念世界中，或者宗教家们的天堂乐园里。

但是，有两个例外：一个是朱光潜先生，一个是宗白华先生。在他们那里，美确确实实是存在于大地上的。五十多年前，我在清华读书时，曾听朱先生讲"文艺心理学"，在整整一年内，听朱先生的课成了一大享受。他能把欧美学者那些表面上看起来似乎是深奥难测的道理用最简单朴素的语言解释得一清二楚，而且常常引用中国诗词来说明问题，使我们感到，他讲的不是海外奇谈，不是天上神话，而是有血有肉的中国道理。

至于宗白华先生，我最初并不认识。中学时候读过他的《三叶集》，有一点印象而已。院系调整以后，他来到北大，从此就认识了。有时候在路上相逢，便海阔天空地聊上一通。在宗先生那里，美学不是干巴巴的教条，而是活生生的人生。他常说："学习美学首先得爱好美，要对艺术有广泛的兴趣，要有多方面的爱好。"他不慕荣利，爱好一切美的东西。美学同他的生活紧紧地联系在一起。

总之，在古今中外众多的美学家中，只有朱、宗二位先生让我感到亲切，感到可以亲近，他们把美学从太虚幻境里拉到地上来，我对他们真是由衷地感谢。

前不久有人送给我他同王德胜合著的《朱光潜宗白华论》一书。是偶然的巧合呢，还是"英雄所见略同"？我不知道。我读完以后，更加强了我上面说的那些想法。我觉得，这真是本好书。

1988 年 9 月 23 日

治学漫谈

我体会，一些报刊之所以要我写自传的原因，是想让我写点什么治学经验之类的东西。那么，在长达六十年的学习和科研活动中，我究竟有些什么经验可谈呢？粗粗一想，好像很多；仔细考虑，无影无踪。总之是卑之无甚高论。不管好坏，鸳鸯我总算绣了一些。至于金针则确乎没有，至多是铜针、铁针而已。

我记得，鲁迅先生在一篇文章中讲了一个笑话：一个江湖郎中在市集上大声吆喝，叫卖治臭虫的妙方。有人出钱买了一个纸卷，层层用纸严密裹住。打开一看，妙方只有两个字：勤捉。你说它不对吗？不行，它是完全对的。但是说了等于不说。我的经验压缩成两个字是：勤奋。再多说两句就是：争分夺秒，念念不忘。灵感这东西不能说没有，但是，它不是从天上掉下来的，而是勤奋出灵感。

上面讲的是精神方面的东西，现在谈一点具体的东西。我认为，要想从事科学研究工作，应该在四个方面下功夫：一、理论；

二、知识面；三、外语；四、汉文。唐代刘知几主张，治史学要有才、学、识。我现在勉强套用一下，理论属识，知识面属学，外语和汉文属才，我在下面分别谈一谈。

一、理论

现在一讲理论，我们往往想到马克思主义。这样想，不能说不正确。但是，必须注意几点：（一）马克思主义随时代而发展，绝非僵化不变的教条。（二）不要把马克思主义说得太神妙，令人望而生畏，对它可以批评，也可以反驳。我个人认为，马克思主义的精髓就是唯物主义和辩证法。唯物主义就是实事求是。把黄的说成是黄的，是唯物主义。把黄的说成是黑的，是唯心主义。事情就是如此简单明了。哲学家们有权利去做深奥的阐述，我辈外行，大可不必。至于辩证法，也可以作如是观。看问题不要孤立，不要僵死，要注意多方面的联系，在事物运动中把握规律，如此而已。我这种幼儿园水平的理解，也许更接近事实真相。

除了马克思主义以外，古今中外一些所谓唯心主义哲学家的著作，他们的思维方式和推理方式，也要认真学习。我有一个奇怪的想法：百分之百的唯物主义哲学家和百分之百的唯心主义哲学家，都是没有的。这就是和真空一样，绝对的真空在地球上是没有的。中国古话说"智者千虑，必有一失"就是这个意思。因此，所谓唯心主义哲学家也有不少东西值得我们学习的。我们千万不要像过去那样把十分复杂的问题简单化和教条化，把唯心主义的标签一贴，就"奥伏赫变"①。

二、知识面

要求知识面广，大概没有人反对。因为，不管你探究的范围多么窄狭，多么专门，只有在知识广博的基础上，你的眼光才能放远，你的研究才能深入。这样说已经近于常识，不必再做过多的论证了。我想在这里强调一点，这就是，我们从事人文科学和社会科学研究的人，应该学一点科学技术知识，能够精通一门自然科学，那就更好。今天学术发展的总趋势是，学科界线越来越混同起来，边缘学科和交叉学科越来越多。再像过去那样，死守学科阵地，鸡犬之声相闻，老死不相往来，已经完全不合时宜了。此外，对西方当前流行的各种学术流派，不管你认为多么离奇荒诞，也必须加以研究，至少也应该了解其轮廓，不能简单地盲从或拒绝。

三、外语

外语的重要性，尽人皆知。若再详细论证，恐成蛇足。我在

---

① 德语 aufheben 音译，意译为：扬弃，包含抛弃、保留、发扬和提高的意思。

这里只想强调一点：从今天的世界情势来看，外语中最重要的是英语，它已经成为名副其实的世界语。这种语言，我们必须熟练掌握，不但要能读，能译，而且要能听，能说，能写。今天写学术论文，如只用汉语，则不能出国门一步，不能同世界各国的同行交流。如不能听说英语，则无法参加国际学术会议。情况就是如此地咄咄逼人，我们不能不认真严肃地加以考虑。

四、汉语

我在这里提出汉语来，也许有人认为是非常异议可怪之论。"我还不能说汉语吗？""我还不能写汉文吗？"是的，你能说，也能写。然而仔细一观察，我们就不能不承认，我们今天的汉语水平是非常成问题的。每天出版的报章杂志，只要稍一注意，就能发现别字、病句。我现在越来越感到，真要想写一篇准确、鲜明、生动的文章，绝非轻而易举。要能做到这一步，还必须认真下点功夫。我甚至想到，汉语掌握到一定程度，想再前进一步，比学习外语还难。只有承认这一个事实，我们的汉语水平才能提高，别字、病句才能减少。

我在上面讲了四个方面的要求。其实这些话都属于老生常谈，都平淡无奇。然而真理不往往就寓于平淡无奇之中吗？这同我在上面引鲁迅先生讲的笑话中的"勤捉"一样，看似平淡，实则最切实可行，而且立竿见影。我想到这样平凡的真理，不敢自秘，便写了出来，其意不过如野叟献曝而已。

我现在想谈一点关于进行科学研究指导方针的想法。六七十年前胡适先生提出来的"大胆的假设，小心的求证"，我认为是不刊之论，是放之四海而皆准的方针。古今中外，无论是社会科学，还是自然科学，概莫能外。在那一段教条主义猖獗、形而上学飞扬跋扈的时期内，这个方针曾受到多年连续不断的批判。我当时就百思不得其解。试问哪一个学者能离开假设与求证呢？所谓大胆，就是不为过去的先入之见所限，不为权威所囿，能够放开眼光，敞开胸怀，独具只眼，另辟蹊径，提出自己的假设，甚至胡思乱想，想入非非，亦无不可。如果连这一点胆量都不敢有，那只有循规蹈矩，墨守成法，鼠目寸光，拾人牙慧，个人绝不会有创造，学术绝不会进步。这一点难道还不明白，还要进行烦琐的论证吗？

总之，我要说，一要假设，二要大胆，缺一不可。

但是，在提倡大胆的假设的同时，必须大力提倡小心的求证。一个人的假设，绝不会一提出来就是完全符合实际情况，有一个随时修改的过程。我们都有这样一个经验：在想到一个假设时，自己往往诧为"神来之笔"，是"天才火花"的闪烁，而狂欢不已。可是这一切都并不是完全可靠的。假设能不能成立，完全依靠求证。求证要小心，要客观，绝不允许厌烦，更不允许马虎。更要从多层次、多角度上来求证，从而考验自己的假设是否正确，或者正确到什么程度，哪一部分正确，哪一部分又不正确。所有这一切都必须实事求是，容不得丝毫私心杂念，一切以证据为准。证据否定掉的，不管当时显得多么神奇，多么动人，都必须毅然毫不吝惜地加以扬弃。部分不正确的，扬弃部分。全部不正确的，扬弃全部。事关学术良心，绝不能含糊。可惜到现在还有某一些人，为了维护自己"奇妙"的假设，不惜歪曲证据，剪裁证据。对自己的假设有用的材料，他就用；没有用的、不利的，他就视而不见，或者见而掩盖。这都是"缺德"（"史德"也）的行为，我期期以为不可。至于剽窃别人的看法或者资料，而不加以说明，那是小偷行为，斯下矣。

我刚才讲的"史德"，是借用章学诚的说法。他把"史德"解释成"心术"。我在这里讲的也与"心术"有关，但与章学诚的"心术"又略有所不同，有点引申的意味。我的中心想法是不要骗自己，不要骗读者。做到这一步，是有德。否则就是缺德。写什么东西，自己首先要相信。自己不相信而写出来要读者相信，不是缺德又是什么呢？自己不懂而写出来要读者懂，不是缺德又是什么呢？我这些话绝非无中生有，无的放矢，我都有事实根据。我以垂暮之年，写了出来，愿与青年学者们共勉之。

现在再谈一谈关于搜集资料的问题。进行科学研究，必须搜集资料，这是不易之理。但是，搜集资料并没有什么一定之规。最常见的办法是使用卡片，把自己认为有用的资料抄在上面，然后分门别类，加以排比。可这也不是唯一的办法。陈寅恪先生把有关资料用眉批的办法，今天写上一点，明天写上一点，积之既久，资料多到能够写成一篇了，就从眉批移到纸上，就是一篇完整的文章。比如，他对《高僧传·鸠摩罗什传》的眉批，竟比原文还要多几倍，是一个典型的例子。我自己既很少写卡片，也从来不用眉批，而是用比较大张的纸，把材料写上。有时候随便看书，忽然发现有用的材料，往往顺手拿一些手边能拿到的东西，比如通知、请柬、信封、小纸片之类，把材料写上，再分类保存。我看到别人也有这个情况，向达先生有时就把材料写在香烟盒上。用比较大张的纸有一个好处，能把有关的材料都写在上面，约略等于陈先生的眉批。卡片面积太小，这样做是办不到的。材料抄好以后，要十分认真细心地加以保存，最好分门别类装入纸夹或纸袋。否则，如果一时粗心大意丢上张把小纸片，上面记的可能是至关重要的材料，这样会影响你整篇文章的质量，不得不黾勉从事。至于搜集资料要巨细无遗，要有竭泽而渔的精神，这是不言而喻的。但是，要达到百分之百的完整的程度，那也是做不到的。不过我们千万要警惕，不能随便搜集到一点资料，就动手写长篇论文。这样写成的文章，其结论之不可靠是显而易见的。与此有联系的就是要注意文献目录。只要与你要写的文章有关的论文和专著的目录，你必须清楚。否则，人家已经有了结论，而你还在卖劲地论证，必然贻笑方家，不可不慎。

我想顺便谈一谈材料有用无用的问题。严格讲起来，天下没有无用的材料，问题是对谁来说，在什么时候说。就是对同一个人，也有个时机问题。大概我们都有这样的经验：只要你脑海里有某一个问题，一切资料，书本上的、考古发掘的、社会调查的等等，都能对你有用。搜集这样的资料也并不困难，有时候资料简直是自己跃入你的眼中。反之，如果你脑海里没有这个问题，则所有这样的资料对你都是无用的。但是，一个人脑海里思考什么问题，什么时候思考什么问题，有时候自己也掌握不了。一个人一生中不知要思考多少问题。当你思考甲问题时，乙问题的资料对你没有用。可是说不定什么时候你会思考起乙问题来。你可能回忆起以前看书时曾碰到过这方面的资料，现在再想去查找，可就"云深不知处"了。这样的经验我一生不知碰到多少次了，想别人也必然相同。

那么怎么办呢？最好脑海里思考问题，不要单打一，同时要思考几个，而且要念念不忘，永远不让自己的脑子停摆，永远在思考着什么。这样一来，你搜集面就会大得多，漏网之鱼也就少得多，材料当然也就积累得多。"养兵千日，用兵一时"，一旦用起来，你就左右逢源了。

最后还要谈一谈时间的利用问题。时间就是生命，这是大家都知道的道理。而且时间是一个常数，对谁都一样，谁每天也不会多出一秒半秒。对我们研究学问的人来说，时间尤其珍贵，更要争分夺秒。但是各人的处境不同，对某一些人来说就有一个怎样利用时间的"边角废料"的问题。这个怪名词是我杜撰出来的。时间摸不着看不见，但确实是一个整体，哪里会有什么"边角废料"呢？这只是一个形象的说法。平常我们做工作，如果一整天没有人和事来干扰，你可以从容濡笔，悠然怡然，再佐以龙井一杯，云烟三支，神情宛如神仙，整个时间都是你的，那就根本不存在什么"边角废料"问题。但是有多少人能有这种神仙福气呢？鲁钝如不佞者几十年来就做不到。建国以来，我搞了不知多少社会活动，参加了不知多少会，每天不知有多少人来找，心烦意乱，啼笑皆非。回想"十年浩劫"期间，我成了"不可接触者"，除了蹲牛棚外，在家里也是门可罗雀。《罗摩衍那》译文八巨册就是那时候的产物。难道为了读书写文章就非变成"不可接触者"或者右派不行吗？"浩劫"一过，我又是门庭若市，而且参加各种各样的会，终日马不停蹄。我从前读过马雅可夫斯基的《开会迷》和张天翼的《华威先生》，觉得异常可笑，岂意自己现在就成了那一类人物，岂不大可哀哉！但是，人在无可奈何的情况下是能够想出办法来的。现在我既然没有完整的时间，就挖空心思利用时间的"边角废料"。在会前、会后，甚至在会中，构思或动笔写文章。有不少会，讲空话废话居多，传递的信息量却不大，态度欠端，话风不正，哼哼哈哈，不知所云，又佐之以"这个""那个"，间之以"唵""啊"，白白浪费精力，效果却是很少。在这时候，我往往只用一个耳朵或半个耳朵去听，就能兜住发言的全部信息量，而把剩下的一个耳朵或一个半耳朵全部关闭，把精力集中到脑海里，构思，写文章。当然，在飞机上、火车上、汽车上，甚至自行车上，特别是在步行的时候，我脑海里更是思考不停。这就是我所说的利用时间的"边角废料"。积之既久，养成"恶"习，只要在会场一坐，一闻会味，心花怒放，奇思妙想，联翩飞来，"天才火花"，闪烁不停。此时文思如万斛泉涌，在鼓掌声中，一篇短文即可写成，还耽误不了鼓掌。倘多日不开会，则脑海活动，似将停止，"江郎"仿佛"才尽"。此时我反而期望开会了。这真叫作没有法子。

1988 年 10 月 26 日

说"嚏喷"

在中国民间，小孩子一打嚏喷，有点古风的大人往往说："长命百岁！"我原以为，这不过是中国一个地方，甚至只是中国北方的风俗。后来到了德国，在那里，大人或者小孩一打嚏喷，旁边的人就连忙说"Gesundheit（健康）！"我才知道，这种风俗不限于中国。但是也没有想得更远。

前几年，读清魏源的《海国图志》卷三十四《小西洋·南利未加国》引《职方外纪》：

更有一种在利未亚之南，名马拿莫大巴者，国土最多，皆愚蠢（此山牙腊土蛮见阿迈司尼国志中）……亦知天地有主，但视其王若神灵，亦以为天地之主，凡阴阳旱涝，皆往祈之。王若偶一喷涕，举朝皆高声应诺，又举国皆高声应诺，大可笑也。

案：南利未加国，即南部非洲。阿迈司尼国，即埃塞俄比亚。在这里，国王一打嚏喷，举朝和举国皆大声应诺。这里没有说明，朝臣和人民嘴里说些什么话，也可能是健康长寿之类的话吧。总之，对国王打嚏喷非常重视，绝不能置之不理。我只是想知道，如果国王患了伤风，嚏喷打个不停，难道大臣和全国人民就停止工作，一心一意地"高声应诺"吗？

不管怎样，专就打嚏喷而论，我的眼界又大大地开阔了，从亚洲开阔到欧洲，又从欧洲开阔到非洲，纵横数万里一句话，当之无愧了。

然而事情还没有结束。我后来读佛典的律部，又在其中发现了有关的材料。我在下面引上几段：

《四分律》卷五十三：

> 时世尊嚏，诸比丘咒愿言："长寿！"诸比丘、比丘尼、优婆塞、优婆夷亦言："长寿！"大众遂便闹乱。佛言："不应尔！"时有居士嚏，诸比丘畏慎不敢言："长寿！"居士皆讥嫌言："我等嚏，诸比丘不咒愿：'长寿！'"诸比丘白佛。佛言："听咒愿：'长寿！'"（《大正大藏经》，卷22，960b）

《十诵律》卷三十八：

> 佛在乌摩国与大比丘僧说五阴法，所谓：色、受、想、行、识。尔时佛嚏。遍五百比丘一时同声言：

254

"老寿！"佛语诸比丘："以汝等言老寿故，便得老寿耶？""不也，世尊！"佛言："从今不得称老寿。称老寿者得突吉罗。"（同上书，卷23，274b）

《根本萨婆多部律摄》卷十三：

大者嚏（此为"嚏"字误写，下同——羡林注）时，小云："畔睇！"小者若嚏，大云："阿路祇！"若不言者，俱得恶作。然不应云："愿得长命！"若俗老母及莫诃罗愿长寿者，道时无犯。（同上书，卷24，599b）

《根本说一切有部毗奈耶杂事》卷十：

于时世尊忽然嚏喷。时大世主乔答弥而白佛言："唯愿世尊寿命长远，住过劫数。"其五百苾刍尼闻大世主说此语时，咸即同声如世主所愿。……尔时世尊告大世主乔答弥苾刍尼曰："汝今与一切众生作大障碍。由汝斯语，五百苾刍尼及地上空中乃至梵天，闻汝此说。佛处不应如是恭敬，如是恭敬者，不名为善。"大世主曰："大德世尊！云何于如来处申其恭敬得名为善？"佛言："乔答弥！于如来处应作是语：'愿佛及僧久住于世，常为和合，犹如水乳，于大师教令得光显。乔答弥！若作如是恭敬无上正等觉者，是名善礼。'"（同上书、卷，248a—b）

是故，苾刍若他嚏时不应言："长寿！"若故言者，得越法罪。(同上书、卷，249a)

后于异时，佛为大众宣说法要，时老苾刍在众外坐。旧妻忽来，闻夫嚏喷。诸苾刍等无有一人愿言："长寿！"其妻见已，心生不忍，便以左手握土，绕苾刍头向外而弃，咒愿："长寿！"时诸苾刍共观其事。妻前捉臂，恶口骂詈，告言："圣子！仁今何故于怨仇内而为出家？此逝多林常有五百青衣药叉，由我咒愿，令汝长寿。若不尔者，定被药叉吸其精气。不应住此，宜可归家！"即牵共去。(同上书、卷，249bc)

引用《大正大藏经》就到此为止。

佛门本是清净之地，不意为了一个小小的嚏喷，竟引起了如此大的风波，连佛爷也不得不出面干预。但是，佛爷的指示也有矛盾之处，不知僧伽如何执行。

此外，从老和尚旧妻的行动中，我们可以看到，打嚏喷，如果别人不立即祝愿："长寿！"则会被药叉吸去精气，离开人间。这真是性命交关，哪能不认真对待！禳解之法就是用手握土，绕着打嚏喷者的脑袋向外投去。可见这本是村民的一种禁忌。

打嚏喷本来是人类最常见的极其微末的小事，不意佛典竟也郑重记载。印度佛典几乎都不是出自释迦牟尼本人。但是佛典中的律至少都是一二千年前的产物。如此说来，这种风俗不但纵横数万里，而且也上下数千年，真不能不令人惊异了。

我想在这里再补充一点资料。我在上面提到，德国人在别人打嚏喷时说："Gesundheit！"没有想到，Gesundheit 这个词竟也为英国人所借用，而且正好是在别人打嚏喷时来使用（参阅郑易里:《英华大词典》，修订第二版）。英国人当然并不缺少表示"健康"的词儿，为什么在为打嚏喷者祝愿时（此外在祝酒时也借用）单单从德文借用这个词儿呢？其中蛛丝马迹颇耐人寻味。至少它也表示，英国人也有这样一种风俗。

几年前读饶宗颐先生的《居延简术数耳鸣目陶解》(《选堂集林·史林》，上册，页 295—299)，里面讲到《汉书·艺文志》杂占家有《嚏耳鸣杂占》,《隋书》卷三十四《经籍志》五行类《杂占梦书》一卷下有夹注："梁有……《嚏书》《耳鸣书》《目瞤书》各一卷。"现在这些书都已佚失，详细内容已不清楚。所谓《嚏书》一定是讲打嚏喷的，但不知如何讲法。是否也有"长命百岁"一类的话，不得而知。饶先生还讲到，古代希腊、罗马均有以打嚏喷为预占之事。如此看来，这一定是一种流行于全世界的风俗。从民俗学上一定可以得到解释。可惜我目前手头资料不够，无从探索。另外，我猜想，巴利文三藏的律中也一定有关于和尚打嚏喷的规定，也同样由于资料匮乏，探索无由。这一切都留待将来去做吧。

1989 年 9 月 30 日

漫谈古书今译

　　弘扬祖国优秀文化的口号一经提出，立即受到了全国人民和全世界华人，甚至一些外国友人的热烈响应。在这里，根本不存在民族情绪的问题。这个口号是大公无私的。世界文化是世界上各民族共同创造的，而中华文化则在世界文化中占有重要的地位。想求得人类的共同进步，必须弘扬世界优秀文化。想弘扬世界优秀文化，必须在弘扬所有民族的优秀文化的同时，重点突出中华文化。不这样做，必将事倍而功半，南辕而北辙。

　　弘扬中华优秀文化，其道多端，古书今译也是其中之一。因此，我赞成古书今译。

　　但是，我认为，古书今译应该有个限度。

　　什么叫"限度"呢？简单明了地说，有的古书可以今译，有的难于今译，有的甚至不可能今译。

　　今译最重要的目的是，把原文的内容含义尽可能忠实地译为白话文，以利于人民大众阅读。这一点做起来，尽管也有困难，但还比较容易。有一些书，只译出内容含义，目的就算是达到了，对今天的一般读者来说，也就够了。但是，有一些古书，除了内容含义之外，还有属于形式范畴的文采之类，这里面包括遣词、造句、辞藻、修饰等等。要想把这些东西译出来，却非常困难，有时甚至是不可能的。在古书中，文采占有很重要的地位。对文学作品来说，不管内容含义多么深刻，如果没有文采，在艺术性上站不住，也是不能感动人的，也或许就根本传不下来，例如《诗经》《楚辞》、汉魏晋南北朝的赋、唐诗、宋词、元曲等，这些作品，内容与形式高度统一，思想性与艺术性高度结合。只抽出思想加以今译，会得到什么样的效果呢？

我们古人阅读古书，是既注意到内容，也注意到形式的，例如唐代大文学家韩愈在《进学解》中所讲的："上规姚姒，浑浑无涯；周《诰》殷《盘》，佶屈聱牙；《春秋》谨严，左氏浮夸；《易》奇而法，《诗》正而葩；下逮《庄》《骚》，太史所录；子云相如，同工异曲。先生之于文，可谓闳其中而肆其外矣。"这里面既有思想内容方面的东西，也有艺术修辞方面的东西。韩昌黎对中国古代典籍的观察，是有典型意义的。这种观察也包含着他对古书的要求。他观察到的艺术修辞方面的东西，文章风格方面的东西，是难以今译的。如果把王维、孟浩然等的只有短短二十个字的绝句译成白话文，我们会从中得到一个什么样的意境呢？至于原诗的音乐性，更是无法翻译了。

这就是我所说的"限度"。不承认这个限度是不行的。

今译并不是对每一个读者都适合的。对于一般读者，他们只需要懂得古书的内容，读了今译，就能满足需要了。但是，那些水平比较高的读者，特别是一些专门研究古典文献的学者，不管是研究古代文学、语言，还是研究哲学、宗教，则一定要读原文，绝不能轻信今译。某些只靠今译做学问的人，他们的研究成果不应该受到我们的怀疑吗？

西方也有今译，他们好像是叫作"现代化"，比如英国大诗人乔叟的《坎特伯雷故事集》，就有现代化的本子。这样的例子并不多见。他们古书不太多，可能没有这个需要。

中国古代翻经大师鸠摩罗什有几句常被引用的名言："天竺国俗，甚重文制，其宫商体韵以入弦为善。……但改梵为秦。失其藻蔚，虽得大意，殊隔文体，有似嚼饭与人，非徒失味，乃令呕哕也。"我认为，这几句话是讲得极其中肯、极其形象的，值得我们好好玩味。

总之，我赞成今译，但必有限度，不能一哄而起，动辄今译。我们千万不要做嚼饭与人，令人呕吐的工作。

1991 年 12 月 11 日

分析不是研究学问的唯一手段

无论是进行自然科学的研究工作，还是进行人文社会科学的研究工作，以分析手段为突破口，都是必要的，甚至是不可避免的。

摆在自然科学工作者面前的是实实在在真正存在的物质的东西。数学现在也归入自然科学，但是数学家眼前摆的不是物质的东西，他们具有的是蕴藏在脑海里的抽象数字。这问题应另当别论，不能与自然科学混为一谈。自然生成物，露在外面的是它的表面形象，构成的结构规律则是蕴藏在内部的。必须先用分析的手段，打开缺口，才能进入内部。

摆在人文社会科学工作者面前的东西比较复杂。有古书、古代文献资料、后代的文献资料，以及当前的资料，还有当前社会上各种活动和制度。在考古学者面前，一定会有自然生成物；但是这些东西的用处不在物质本身，而在它们所代表的时间意义。所有的这些东西，最初摆在你面前的时候，只不过是浑然一璞。

不采用分析的手段，难得进入其中。

上面说的这一些话，其目的是想说明，分析的方法是科学研究必不可少的。但是，我必须在这里补充一句：在分析的主导中，小的综合也会随时出现的。

对于分析与综合这两种思维模式或工作研究方式，大多数学者都耳熟能详，用不着过多地解释。但是，我自己对这个问题却多年来形成了一套看法。我认为，分析与综合是人类最基本的思维模式，用常用的词句来解释，一个是"一分为二"，一个是"合二而一"。我还认为，世界上东西方文明最基本的差异也在这两点上：西方的基本的思维模式是分析，而东方则是综合。这是就其大者而言的，天底下没有纯粹的分析，也没有纯粹的综合，二者总是并行进行，但有主次之别。

以上说的都是空话，只说空话是不能解决问题的。我想说几句实话，而实话的例子可以说俯拾皆是。我现在正在看有关美学的书。我就讲一讲美学吧。

美的现象或美的概念，人类在蒙昧的远古就已有了，连一些动物都是有的。动物总是雄性的美，而人则相反，女子美过男子。这问题已经引起了人们的注意。什么是美，也就是美的本质是什么？东西两方的哲人两千多年以来始终是有分歧的。杨辛、甘霖的《美学原理》（北京大学出版社，2001 年，页 55）写道："中国美学史上对美的本质探讨，有其独特性，与西方美学史有很大的不同。西方美学史在探讨美的本质时，直接与世界观联系起来；中国则是很朴素的，与世界观联系不是那么直接、紧密。"我对这一段话的理解是，世界观离不开基本的思维模式，西方的世界观是分析的。早期的西方哲人并不是没有看到"美是难的"。但是，他们的积习难移——还不如说本性难移——一碰到美，就分析起来。从古希腊起，每个哲学家都拿出自己独特的招数来分析美，我在下面根据《美学原理》稍作介绍。柏拉图自然离不开他那一套美的理式。亚里士多德反对之。他认为美在事物本身之中，主要是在事物的"秩序、匀称与明确"的形式方面。达·芬奇认为美并不是什么神意的体现，而是存在于现实生活中，是可以用感官认识到的事物的性质。到了 18 世纪，鲍姆嘉通认为感性认识没有一门科学去研究，他建议成立一门新的学科，定名为"感觉学"，以后一般称之为"美学"。从此西方的重要的哲学家几乎都在自己的哲学思想体系中加入美学思想。康德的美学是建立在先验论的唯心主义基础上的，他认为美只能是主观的。荷迦兹说："美正是现在所探讨的主题。我所指的原则就是：适宜、变化、一致、单纯、错杂和量；——所有这一切彼此矫正，彼此偶然也约束、共同合作而产生了美。"黑格尔在哲学上是客观唯心主义者，他认为绝对精神是世界的本质，他提出了美是理念的感性显现。狄德罗提出"美是关系"。他说："就哲学观点来说，一切能在我们心里引起对关系的知觉的，就是美的。"博克继承了英国经验主义的传统，他承认美的客观性，肯定美是物体的某些属性。车尔尼雪夫斯基主张"美是生活"。他说："任何事物，凡是我们在那里面看得见依照我们的理解应当如此的生活，那就是美的；任何东西，只是显示出生活或使我们想起生活的，那就是美的。"普列汉诺夫不完全同意车尔尼雪夫斯基的说法。但是他说："我们的作者（指车氏）的学位论文毕竟是非常严肃的和卓越的著作。"

上面讲的只是对西方两千多年来一些重要哲学家的对美的看法，极其粗略。此外还有成百上千的人谈论美的问题，我没有这个能力来一一介绍了。

写到这里，我自己先笑了起来：我眼前有一头大象，巍然站在那里，身边围了一群盲人，各自伸出了自己的尊贵的哲学手指和手掌，在大象身上戳了一下或胡噜了一把，便拿出了分析的刀子，自诩得到了大象的真相，个个举起了一面小旗，上面写着一个"美"字，最终就形成了一门新学问，叫作"美学"。这门新学问的研究对象的本质没有说清楚，我看永远也不会说清楚的。它像是曹子建笔下的洛神"翩若惊鸿，婉若游龙"；又如海上三山，可望而不可即。至于美的表现形式，也不比它的本质更容易抓住。我既不是哲学家，也不是科学家。但是根据我自己在生活中的体验，美的问题比学者们书中所讲到的要复杂千百倍。人躯体上的眼、耳、鼻、舌、身都能感受到美。而且大千世界、芸芸众生，有男女之别、老幼之别、阶级之别、地区之别、民族之别、宗教之别、时代之别、文化水平之别、职业之别，等等，等等。这些当然都影响了对美的理解和美感享受。此外还要加上偏见。记得我曾在什么书中读到，一位国王的爱姬只有一只眼，而在她眼中，世界上的人都多了一只眼。在非洲一些民族中，爱美的现象古怪到令人吃惊的程度，而且，美感在一个社会群体中，甚至在一个人身上，也是变动不居的。说时兴喇叭裤，则一夜之间，全城都喇叭了。然而转瞬之间，又能立刻消失。在这样的情况下而侈谈美和美感，不亦难乎！

西方也有聪明人，德国伟大诗人歌德就是一个。他说："我对美学家们不免要笑，笑他们自讨苦吃，想通过一些抽象名词，把我们叫作'美'的那种不可言说的东西化成一种概念。"这话说得多么精彩啊！一直到今天，二百来年以后了，还能活生生地适用于东西方；我认为，特别适用于中国。

我现在想从西方转向中国，论题的重点仍然是关于分析的问题。我想谈两个问题：一个是继续谈美学，一个是谈"一分为二"和"合二而一"。

先谈第一个问题。

我在上面已经说到，两千多年以来，中国也谈美、美感等的问题，但谈的与西方迥异其趣。请参阅《美学原理》页35—56，兹不赘。

近世以来，西方美学传入中国，好之者治之者颇不乏人。到了最近几十年，美学已浸浸乎成为显学。许多大学纷纷设讲座，创办研究所。专著论文，连篇累牍。但是，论点分歧，莫衷一是，于是纷哗喧争，各自是其是而非其非，谁也无法说服谁。不这样也是不可能的。美是一个能感觉得到却触摸不到的东西。"美这个东西你不问本来好像是清楚的，你问我，我倒觉得茫然了。"于是西方群哲盲目围摸大象的那一幅漫画似的幻象，又出现在我的眼前了。中国有一句"青出于蓝"的古话，常常真能搔到痒处。歌德所说的"通过一些抽象名词"，到了今天，到了中国，从数目上不知增加了多少百倍，从抽象程度上，也不知增加了多少度数。我读了个别中国美学家的文章，其中抽象名词成堆成撂，复杂到令人眼花缭乱。对于我这一个缺少哲学思考能力的人来说，简直感到玄之又玄，众妙无门。可是我想问一句：这些分析者自己能明白他们分析出来的名词吗？

现在谈第二个问题，这问题与美学无关，而讲的是分析。这就是"一分为二"和"合二而一"的问题。

"一分为二"这个命题是谁提出来的，大家都知道。提命题是学术问题，谁都有权利。不应该命题一提出就等于注册专利，这种专利同平常不一样，抄袭是允许的，但不能反对，谁不同意，谁就犯了弥天大罪。那一位年高德劭的马列主义哲学家提出了一个"合二而一"的主张，迎头一大棒就打了过去：修正主义。一个蕴含着东方综合思维的学术命题竟也蒙此"殊荣"，这只能说是天大的怪事。学术到了这种地步，岂不大可哀哉！其实中国当时已经没了什么学术，只有一个人的声音，一呼万应，而口是心非。其结果是大家都知道的。我参加了半辈子政治运动，曾被别人戴上过修正主义的"帽子"，自己也曾给别人戴过。什么叫修正主义，最初无师自通，似乎一看就明白。后来越想越糊涂，如堕入五里雾中了。改革开放以来，修正主义毕，而经济腾飞始。目前在全世界经济相对萧条中，中华一花独秀，而且前程似锦，连我这九旬老汉也手舞足蹈了。

"一分为二"这个命题，大概是受到了原子分裂的影响，是专门指物质的东西的，因此同物质是否能够永远分裂这个问题相联系。关于这个问题有两派意见，一肯定，一否定。二者也都是学术问题，可以讨论的。让我大大地吃了一惊的是，"一分为二"的提出者竟然引用了庄子的"一尺之棰，日取其半，万世不竭"的说法，来为自己的命题护航。稍稍思考一下，就能够分辨出，

"一分为二"的基础是物理概念，而庄子的说法是一个数学概念，二者泾渭分明，焉能混淆！这一位也许自命为哲学家的人，竟连这一点都没弄明白，真让我感到悲哀！光舞大棒是打不出哲学来的！被请去讨论的几位知名的科学家也都没有提出异议。这更令我吃惊。眼前物质永远可分论已经遇到了夸克封闭这一只拦路虎，将来究竟如何，还没有人敢说。

在上面，我从西方的分析手段写到西方美学的形成；又从西方讲到中国的"一分为二"和"合二而一"的问题。我的想法是，西方的分析手段在科技方面以及其他方面创造出辉煌的成绩，推动了人类社会的前进；但同时也产生了许多问题和弊端，能给人类前途带来灾害。东方（中国）的综合手段也给人类创造了许多福利；但也有它的偏颇之处。今后的动向应该是把二者结合起来，互济互补；这样一来，人类发展的前途，人类文明的走向，就能够出现许多灿烂的光点，人类就能够大踏步地向前迈进。这就是我的信念。

2002 年 9 月 16 日

在"翻译文化终身成就奖表彰大会"上的书面发言

感谢中国翻译协会授予我"翻译文化终身成就奖"。得此殊荣我很荣幸，也很高兴。

我一生都在从事与促进中外文化交流相关的工作，我深刻体会到翻译在促进不同民族、语言和文化交流中的重要作用。自从人类有了语言，翻译便应运而生。在世界文明发展的历史长河中，在中华民族伟大复兴的进程中，翻译，始终都是不可或缺的先导力量。中华几千年的文化之所以能永盛不衰，就是因为，通过翻译外来典籍使原有文化中随时能注入新鲜血液。可以说，没有翻译，就没有社会的进步；没有翻译，世界一天也不能生存。

中国两千年丰厚的翻译文化史无与伦比，中国今天翻译事业的进步有目共睹。2008 年世界翻译大会将在中国召开，这是中国翻译界的光荣，我这样的老兵为你们感到鼓舞；我更希望年轻一代能够后来居上，肩负起历史使命和社会责任。

我总认为，翻译比创作难。创作可以随心所欲，翻译却囿于对既成的不同语言文本和文化的转换。要想做好翻译，懂外语，会几个外语单词，拿本字典翻翻是不行的，必须下真功夫，下大功夫。

　　提高翻译质量，不能只停留在口头上，少讲大道理，多做实事，拿出真凭实据来，开展扎实的翻译批评和社会监督。

　　未来是你们的，希望看到翻译事业人才辈出，蒸蒸日上。

2006 年 9 月 26 日

图书在版编目（CIP）数据

天下第一好事，还是读书 / 季羡林著；季诺编 .—北京：作家出版社，2020.12（2022.11 重印）

（季羡林人生六书）

ISBN 978-7-5212-0880-1

Ⅰ.①天… Ⅱ.①季…②季… Ⅲ.①散文集－中国－当代 Ⅳ.① I267

中国版本图书馆 CIP 数据核字（2020）第 018376 号

天下第一好事，还是读书

| 作　　　者：季羡林 |
| 编　　　选：季　诺 |
| 责任编辑：省登宇　周李立 |
| 装帧设计：琥珀视觉 |
| 出版发行：作家出版社有限公司 |
| 社　　　址：北京农展馆南里 10 号　　邮　　编：100125 |
| 电话传真：86-10-65067186（发行中心及邮购部） |
| 　　　　　　86-10-65004079（总编室） |
| E-mail:zuojia @ zuojia.net.cn |
| http://www.zuojiachubanshe.com |
| 印　　　刷：北京盛通印刷股份有限公司 |
| 成品尺寸：142×210 |
| 字　　　数：200 千 |
| 印　　　张：8.75 |
| 印　　　数：10001-13000 |
| 版　　　次：2020 年 12 月第 1 版 |
| 印　　　次：2022 年 11 月第 2 次印刷 |
| ISBN 978-7-5212-0880-1 |
| 定　　　价：39.00 元 |